逆転ミワ子

藤崎翔

双葉文庫

逆転ミワ子

目標は高く実際は中ぐらい 9
大暗黒期の思い出 12
三回目にして早速見切りを 17
家族の一大事！ 20
鬼店主の居る間 24
大人が注意できずに 29
心臓麻痺等ご注意を 33
お祝いが身にあまり。 36
夫婦というもの 40
巨人現る東京山手 44
子供にゃ分からぬ桃太郎 48
芸とかつらと陽灼けと坊主 53

反社会天才学者の性癖 58
神対応が出来ません 63
今後は遊んで暮らす。 68
後悔するぐらいなら 72
貴方と最後の一問一答 76
○○番にダイヤルを 81
若手芸人通の報告 84
てる子が漫談いたします 88
二十二歳人当たりよし 93
まりえちゃんを捕まえたんだ 96
会いたくてもクリスマスイブ 105
リサとガールズトーク 110

よそ者の私とへんな座敷わらし 114
暴走族の忍耐力への提言 119
愛情力計を妻に 122
さやか様争奪やもめの後夫オーディション 126
さるせれてまくろだらもんべ 132
すごい。私私 142
さあ食らいやがれ殺人術 147
読まれてるってありがたい 152
酒飲んで寝る前後にぜひ読んで！ 156
後日談 160

ミワ子　プロフィール

１９９０年、茨城県生まれ。看護専門学校を卒業後、病院勤務を経て、２０１３年にお笑い芸人としての活動を開始。２０１９年から、ピン芸人日本一を決める『Ｐ－１グランプリ』で３年連続決勝進出を果たし、２０２１年大会で準優勝。また同年、女性芸人日本一を決める『ＴＨＥ女』で優勝。現在テレビやライブシーンで幅広く活躍する、最注目の女性芸人。

単行本『ミワ子の独り言』は、雑誌『TVトピック』で2022年1月〜2023年4月に連載されたエッセイとショートショートを、大幅に加筆修正し、2023年7月20日に双又社(ふたまたしゃ)から発売されました。

その発売日には、著者のミワ子さんが行方不明だということは、まだ報じられていませんでした。

エッセイ　目標は高く実際は中ぐらい

『TVトピック』をお読みの皆様、はじめまして。お笑い芸人のミワ子と申します。顔と名前ぐらいは知ってもらえているとありがたいのですが、一切知らないという方もきっといらっしゃると思うので、簡単に自己紹介します。

私ミワ子は、2021年のピン芸人の賞レース「P－1グランプリ」で準優勝して、同年の女芸人の賞レース「THE女」で優勝した、今テレビで引っ張りだこというほどではないけど週休二日ぐらいのいい塩梅(あんばい)で仕事が入って、単独ライブのチケットも即日完売ではないけど数日で完売するようになった、今乗りに乗っているというほどではないけど本人的には絶好調のつもりの芸人です。

それにしても、私もこんな連載をもらえる身分になりました。雑誌の連載には昔から憧れていたんです。というのも、私は芸人になる前、ほんの一時期だけ、作家になりたくてちょっとした小説を書いていた時期があったんです。だから連載をもらえたことは、感無量というほどではないけど結構嬉しいです。双又社さんから提示された原稿料も、跳び上がるほどではないけど月二回もらえるなら結構嬉しい金額でした。

思えば私の人生というのは、目標を立てても実現できたことなどほとんどなく、せいぜい目標の半分ぐらいしか達成できない、ということばかりでした。

国立大学を受験したものの、センター試験で自信があった英語で、マークシートを一つずらして書いてしまっていたことに試験終了直前に気付き、慌てて消して書き直したけど間に合わず、その後の科目は戦意を喪失して抜け殻状態だったから当然不合格。大学をあきらめて看護の専門学校に入り、ちゃんと看護師の資格を取って病院で働き出したのに、激務に耐えかねてドロップアウトしてしまい、逃げ道を探した末にお笑い芸人になったような始末です。

その後、どうにかテレビに出られるようになると、一応国家資格を持っているということで、「インテリ芸人」的な扱いで何度かクイズ番組に呼ばれたのですが、歴史とか国語といった文系科目の知識は絶望的でした。なんたって、高校時代に一時的に頭に詰め込んだだけの、そのあと一度も引き出すことのなかった知識です。十年前にタンスにしまってから一度も着ていないTシャツの柄を思い出せないのと同じです。……というたとえが合ってるかどうか自分でも分かりませんが。

一度、歴史の穴埋め問題で、「源□□□」というのが出ました。正解は「源氏物語」で、さすがにそう言われれば超イージー問題だったと分かるのですが、制限時間が迫る状況でパニックになった私の脳からは「源氏物語」は出てこず、源から始まる四文字を全力で考えた結果、出たのは「源泉徴収」でした。「そんなボケはいらないんだよ！」と同じチームの共演者から怒られ、私はボケではなく本気で「源泉徴収」を絞り出したという事実を知られるのが恥ずかしくて、まるで狙ってボケたかのような顔でヘラヘラしました。その結果、そのクイズ番組に呼ばれることは二度となく、私がインテリ芸人として幅を利かせる計画はあっさり頓挫しました。

そもそも、「P－1グランプリ」準優勝、「THE女」優勝を達成して、これで一気に忙しくなるぞ、寝る暇もないぐらいのスケジュールになるぞ、と思っていたら、私のキャラの薄さのせいか、ちゃんと寝る暇があって適度に休める程度のスケジュールに落ち着いているのです。これもまさに、「目標は高くても実現するのは中ぐらい」の典型例でしょう。

だからこそ私は、この連載に全力を注ごうと思います。最終的には書籍化してもらって、芥川賞か直木賞かノーベル文学賞を獲れるように頑張ろうと思います。……ぐらいの目標を立てておけば、なんとか書籍化できるぐらいにはこぎ着けられるでしょうか。

エッセイ　大暗黒期の思い出

連載二回目でこんなことを書くのもなんですが、自殺者数が増加したというニュースを見て、私のようなろくでもない人間でも生きているのだという事実を世にお伝えすべく、人生の大暗黒期のお話をしたいと思います。

私は、病棟看護師を辞めてから、人生に迷いまくった時期がありました。

都内の病院を辞め、それなりにお金は貯まっていたので、とりあえず一人暮らしのアパートで引きこもってみました。実は私は、引きこもり生活に密かに憧れていたのです。何もせず延々と家にいるのは楽しいんじゃないかと想像していたのです。

ところが、実際は大変でした。引きこもって一週間で、腰痛と不眠に悩まされるようになりました。自分が思いのほかアクティブな人間で、家にこもっていると体調がどんどん悪くなるということに気付かされてしまいました。

そんな時にふと、小説を書いてみたくなりました。私は昔から、教科としての国語は嫌いで、「この時の主人公の気持ちを答えよ、なんて野暮なこと言うんじゃないよ」とか「古文と漢文って、もうどこでも使えない言語のセンター試験の配点が、化学一科目と同じって高すぎだろ！」なんて思っていたのですが、読書は好きだったのです。

　私は単発の看護師バイトをこなしながら、その傍ら小説を書いてみることにしました。当時、ある文芸誌に、読者からショートショートを募集するコーナーがあって、優秀作が毎月五作掲載されて、掲載された作者は賞金一万円がもらえたのです。それまで小説なんて書いたことはなかったけど、原稿用紙五枚以内のショートショートだったら書ける気がしたし、正直、採用された作品と、試しに書いてみた自分の作品を比べてみて、肩を並べるぐらい、いやもっと面白く書けているのではないかという手応えも感じていた私は、毎月ショートショートの応募を始めました。

　すると三ヶ月目で、そのコーナーの「今月の入選者」という欄に名前が載りました。小説を書き始めてわずか三ヶ月で、もう入選のレベルまで達したのです。つまり私には才能があるのだと、すぐに舞い上がりました。それからも毎月応募していると、二、三ヶ月おきに計三回、「今月の入選者」の欄に私の名前が載りました。ただ、それにしては、なかなか私のショートショートが掲載されません。これはどういうことなんだろう、と疑問が湧きました。

　たとえばテレビ番組も、放送日よりだいぶ前に収録していると聞くし、このショートショートコーナーもそんな感じなのかな。再来月とか、もっと後とか、他の入選作と作風がかぶってないかとか色々考えて、私の作品を載せるのにふさわしい月に掲載されるのかな。――なんて思っていたのですが、そうこうしているうちに、私が最初に入選してから半年以上が経ってしまいました。

さすがに遅すぎないか。もう私の賞金は三万円貯まっているはずだ。そもそも賞金はどうやってもらえるのだろう。原稿の応募要項に住所・氏名・年齢・ペンネームはあるけど、口座番号などはないから、現金書留とかで送られるのかな――。もろもろ気になった私は、その文芸誌に載っていた編集部の電話番号に電話してみました。そして、「はい、○○社文芸編集部です」と電話に出た男性に対して、ショートショートコーナーに三回入選してるのに作品が載らないことや、賞金はいつどのようにもらえるのか、といったことを質問しました。

すると、その男性から、困ったような口調で説明されました。

まず、「今月の入選者」というのは、「掲載には至らなかったけど、掲載候補に選ばれた人」だということ。だから「今月の入選者」には賞金一万円は出ないし、作品も掲載されないということ。――要するに、私はずっと、その月のベスト5に入れたと思っていたのに、私が入っていたのはずっと「6位以下の健闘した人たち」だったのです。

私は電話口で思わず「分かりづら……」とつぶやいてしまいました。人生ドロップアウト中だった当時の私は、そういうことは心の中だけでつぶやくべき、というストッパーが外れていたのです。すると相手の男性は、「そんなこと初めて言われたけどね」と怒ってしまい、私は怖くなって電話を切ってしまいました。それ以来、私は気まずくて、そのショートショートコーナーに応募するのはやめました。私の作家になる夢は「失礼な電話をした結果気まずくなる」という馬鹿みたいな理由で頓挫したのです。

そこで次に考えたのが、お笑い芸人の道でした。小説家同様、私が密かに憧れ続けていた職業です。

とりあえず、当時住んでいたアパートの近所の小さなライブハウスで開かれていた、有名な芸人さんなど一組も出ていない、チケット代五百円のライブを見に行きました。いわゆる地下ライブというやつです。それまでお笑いのネタ番組はよく見ていましたが、ライブを生で見るのは初めてでした。

ライブが始まってみて驚きました。「人を笑わせようと思ってるはずなのに、なぜこんなネタをやってしまうんだろう」と思うような人ばかりが出てきました。素人でも思いつくようなダジャレを連発するだけの芸人、差別用語を連呼して「どうだオレ尖ってるだろ」感を出す芸人、ギター漫談なのにギターも漫談も下手な芸人……。のちに実感するのですが、ド底辺の地下ライブというのは「言語明瞭で、何を言っているか分かる芸人」の方が少ないぐらいなのです。もちろん面白い人もいるにはいるけど、大半が「私が本気を出せば超えられるんじゃないか」と思える人ばかりでした。

そして、そのライブは、ネタ見せと呼ばれる、ライブ主催者によるオーディションに通れば、素人でも出られるということを知り、その日の夜から私はネタ作りに着手し、ネタ見せを受けに行き、翌月のライブから出るようになりました。看護師から見た困った患者さんを、スケッチブックで紙芝居形式で紹介した後、スケッチブックを床に叩きつけて「空気注射してやろうか！」とか「泥水点滴してやろうか！」と叫ぶという、今考えたら放送できるわけがないネタでしたが、地下ライブでは大ウケ。初出場のライブでいきなり優勝し、私の芸人人生は華々しくスタートしたのです。

人生で初めて作ったネタで優勝したということは、私はお笑いの天才だ。そう勘違いした私は、スケッチブックネタがその後どのテレビ局のネタ見せでも落ち続けることや、下積みが長く続いて、当時新人だったバイトの派遣事務所で最終的に古参クラスになることも、まったく想像していませんでした。

――と、ここまで書いてみて思いました。私のあの時期は案外、大暗黒期というほどではなかったのかもしれません。自分の身の程を知ってしまった今より、あの頃の方がむしろ、心の中は野望であふれていて明るかったのかもしれません。

でも、あの頃に戻りたいかと聞かれれば、絶っっっっ対に戻りたくないです。ということは、やっぱり暗黒期なのかな。

エッセイ　三回目にして早速見切りを

「ご理解とご協力をお願いします」っていう言葉、よく使われてますよね。

特に工事の時とかに多いですね。まあ工事といっても、家の近所でやってるような小さい工事だと、「ご迷惑をおかけします」的な、もうちょっと下手に出てる看板が多いですね。でも、高速道路の集中工事とか、線路の掛け替え工事とか、ああいう大規模な工事になると「ご理解とご協力をお願いします」っていう言葉が多く使われるイメージがありますね。

ただ、あれって結局、形式上「お願い」してるだけで、実際は「あなたの意向にかかわらず絶対こうしますよ」っていうことなんですよね。もう事実上の強制なんですよね。「ご理解」しなかった人がいたところで工事は絶対強行するし、嫌がる人がいたところで強制的に「ご協力」させるんですよ。よく考えたら慇懃無礼というか、なんだか夜のお店の黒服感が漂うというか、そんな言葉ですよね。「キャストの女の子の嫌がる行為をしたお客様からは金百万円頂戴します」的な怖さを感じますね。

私に限っては、あんな失礼なお願いだけは人様に対してするものかと、ずっと思って生きてきたんです。

ところで、話は変わるんですけど……。

このたび、私ミワ子は、エッセイで書くことがなくなりました。

いや、厳密には、ないわけではないんです。でも、私はお笑い芸人の中でも、割とネタ志向が強い……なんて言うと聞こえがいいですが、要は友達も少ないし、芸人仲間と飲みに行くようなこともほとんどないし、人付き合いが希薄なこともあり、エピソードトークのストックが少ないんです。そんな数少ないエピソードトークも、テレビ番組でもうあらかた使ってしまったので、エッセイで初出しのエピソードなんてほぼ書けそうになくて、これから先は、テレビ番組で何回か話したようなエピソードを使い回すしかなさそうなんです。

それだとたぶん、読者の方もがっかりですよね。エピソード使い回しエッセイが続けば、きっとこの連載も長続きはせず、半年程度で後任をあてられてしまうことは目に見えています。

でも、私は原稿料は欲しいのです。できるだけ長くもらい続けたいのです。若手芸人界きっての銭ゲバなのです。それに加えて、雑誌連載を持っているというのは、なんだか箔(はく)が付いてる感があるのです。この箔を手放したくはないのです。

そこで提案なのですが、ショートショートもありにしてもらえませんか？

私は今まで、何百本とコントを作ってきましたが、舞台で演じるより小説にした方がいいのではないか、というタイプの、まだ人前で発表していない発想のストックが、実はたくさんあります。また、前回のエッセイでも書きましたが、芸人を目指す前にほんの一時期、小説家志望の時期もあり、その頃に書きためたショートショートも結構あるのです。もちろん、まだ何者でもない時期に書いた素人レベルのショートショートなので、あれをそのまま載せてしまうわけにはいきませんが、今の私が改めて手直しすれば、ミワ子の作品としてちゃんと世に出せる程度にはなるはずです。

というわけで、この連載、次回からショートショートも書かせていただきます。エッセイにするかショートショートにするかは、その時に書きやすい方、思いついた方を書くという形になると思います。

これまでエッセイを楽しみにしてくださっていた方には申し訳ありませんが、どうか、ご理解とご協力をお願いします。

ショートショート　家族の一大事！

もしもし母さん、俺だよ。……うん、そう、タクヤ。今日ケータイを買い換えてさ、番号が変わったんだ。新しい番号言うからメモして。080……。

ん？　そうなんだ、ちょっと風邪気味なんだ。げほっげほっ。今日仕事で電話した時も、声がいつもと違うって言われたよ。……うん、母さんも風邪には気を付けて。番号変わったから、前の番号にかけてもつながらないからね。じゃあまたね。おやすみ～。

もしもしタクヤだけど……ぐすん。母さん、落ち着いて聞いて……ぐすん。実は俺、人妻と不倫して、相手を妊娠させちゃったんだ……。

うわあああん、ごめんよ母さん。俺は馬鹿な息子だよ、うわあああん……。それで、相手の旦那が怒っちゃって、示談金が五百万円必要なんだ、ぐすん。母さんだけが頼りなんだ。なんとか今日中に振り込んでもらえないかな……。

えっ、振り込め詐欺じゃないかって？　どういうことだよ……。ああ、テレビでね、こういう詐欺の特集を見たと……。

素晴らしい、お見事です小沢様！　そうなんです、最近こういう手口の詐欺が頻発してるんです。三日前、息子さんを名乗る男から、携帯電話の番号が変わったと電話があったでしょう……そう、あれも私からの電話だったんです！　自己紹介が遅れました。私「全日本防犯協会」の鈴木と申します。ただいま全国の皆様に、無作為にこういった電話をかけまして、引っかかりそうになった方がいたら、こちらの素性をご説明して「最近こういう詐欺が流行ってますから、もし次に本物の詐欺の電話がかかってきても引っかからないでくださいね」と注意を促すキャンペーンを行ってるんです。

しかし小沢様、あなたは見事でした。少しも引っかかる素振りを見せなかった……え、本当はちょっと動揺しておられたんですか？　いや、無理もございません。日頃どんなに警戒していても、実際にこんな電話がかかってきたら動揺してしまうものです。

それでは、今後とも詐欺と風邪にはお気を付けくださいませ。失礼いたします……。

もしもし、小沢様のお宅でしょうか。私、先日お電話さしあげた、全日本防犯協会の鈴木でございます……あ、覚えていただけましたか。ありがとうございます。

実は本日、小沢様に耳寄りな話をお持ちしました。このほど、われわれ全日本防犯協会が、三年かけてＮＡＳＡと共同開発した、絶対に振り込め詐欺の電話を見破る機械「ヒッカカラーンＺ」が完成したんです。小沢様は先日、私からの詐欺を模した電話に対して、少し動揺なさったとおっしゃいましたよね。もし今後も詐欺の電話がかかってきて、そういった動揺が蓄積されますと、心臓の大きな負担にもなりかねません。そこで、この「ヒッカカラーンZ」を電話機につなげば、いかに巧妙な詐欺の電話がかかってきても、声紋を解析して瞬時に詐欺だと見破り、電話を切ってくれるんです。こちら通常なら八十万円のところ、小沢様でしたら特別に五十万円でお求めいただけるのですが……えっ、詐欺師は私の方じゃないかって？

はあ……なるほど。そもそも全日本防犯協会なんて団体は存在しないと……。

もしもし小沢さん、お電話代わりました。私、アナウンサーの靄根と申します……。

はい、そうです。「モヤネ屋」の靄根です～。

小沢さん、おめでとうございます！　百万円獲得です！

聞こえますか、このスタジオの大歓声。実は今、新番組『家族の一大事！』の収録中なんですよ。この番組は、家族に一大事が降りかかった時に無事に切り抜けられるのかというのを、ドッキリで検証するんですが、今回あなたの息子のタクヤさんが応募してくれまして、お母さんが度重なる詐欺の電話を全て撃退したら、百万円もらえるという企画だったんですよ。で、五人の挑戦者の中で、全部クリアしたのは小沢さんだけだったんです。いや～お見事！　それじゃ、息子さんに代わりますね……。

もしもし、母さんありがとう！　母さんのおかげで百万円獲れたよ！　一緒に旅行でも行こう！　うん、ハワイでもどこでも行けるよ！　いや〜本当にありがとう……。

どうもお母さん、また靍根です〜。それじゃ、これからも息子さんと仲良くなさってください。旅行も楽しんでくださいね。それじゃお元気で。はい失礼します〜。


もしもし、先ほどはありがとうございました。私、『家族の一大事！』のディレクターの高橋と申します。小沢さん、改めまして百万円獲得おめでとうございます。いや〜、この番組、今日が初回の収録だったんですけど、小沢さん親子のおかげで幸先のいいスタートになりそうです。……ええ、放送日は来月になるんですけど、日付が正式に決まったら、またご連絡しますね。

それでですね、もしよろしければ、すぐに賞金の振り込みの手続きをさせてもらいたいんですけど、小沢さん、スマホや携帯電話はお持ちですか？……ああ、よかった。それじゃ、そのスマホと銀行のカードを持って、お近くの銀行の、できれば無人ＡＴＭに行ってもらえますかね？

お手数おかけして申し訳ないんですけど、ＡＴＭに着いたら折り返し電話をください。そこで、私の指示に従ってＡＴＭの画面を操作してもらえれば、小沢さんの口座に百万円が振り込まれますので……。

ショートショート　鬼店主の居る間

「はい、白眉（はくび）ラーメンお待ち」

節くれ立った手で、『麺どころ白眉』の初老の店主がラーメンを出す。カウンターに座る若い男性客は、そのどんぶりを両手で受け取ろうとする。

その瞬間、店主の怒号が飛んだ。

「どんぶり取んな。火傷するぞ！」

「す、すいません……」若者がびくっと震えて謝る。

「こっちが置くのを待て」

店主はぶっきらぼうに言って、どんぶりを若者の前に置いた。周りから、へっというため息のような冷笑が起こる。ほぼ満席の店内は、この若者以外みな常連客だった。

もしかしてこいつ、ここが知る人ぞ知る頑固店主の名店だと知らずに、飛び込みで来たのか。だとしたら厄介だな。これ以上店主の気に障ることをしなければいいけど――。

そんな常連客たちの懸念は、あまりにも早く現実となった。

「カシャッ」という音が響いた。若者が、スマホでラーメンの写真を撮り始めたのだ。

当然のごとく、店主の怒号が響いた。

「馬鹿野郎！　写真なんか撮ってんじゃねえ！」

「あ、す、すいません……」若者はまた、びくっと震えて謝った。

「食い物なんだから食え。写真なんか撮ってどうすんだ」

店主は吐き捨てるように言った。今やSNSで拡散してもらうために、写真を撮る客をむしろ歓迎する店も増えているが、この頑固店主は断固として許さない。もちろん、常連客たちはみな、そのルールも心得ている。

若者は肩をすぼめ、頬を紅潮させながら割り箸を割ると、すごい勢いで麺をすすり始めた。ネギもチャーシューも煮卵も、まるで大食いバトルのようなスピードで咀嚼（そしゃく）していく。立て続けに怒鳴られた気まずさで、少しでも早く店を出たいのだということは、周りの客たちにも察しがついた。

その様子を見た店主が、失笑気味に言った。

「もう少しゆっくり食えねえか。せっかくこだわって作ってるんだからよお」

常連客たちから、今度ははっきりと笑い声が起きた。

「す、すいません……」若者はもう涙目だ。

常連客たちは、いくらか同情もしていた。味は確かだが、店主が相当頑固なこの店に、知らずにうっかり入ってしまったのは不運だったな。せっかく美味いラーメンの味も、これじゃよく分かってないかもな——。

しかし、そんな周囲の同情も、若者はすぐにかき消してしまった。

彼は、傍らのお冷やを、ざぶんとスープに投入したのだ。

各々(おのおの)、自分のラーメンと向き合いながらも、横目で彼の様子を見ていた常連客たち。その目が一斉に点になった。そしてみな一様に、若者から店主へと、おそるおそる視線を移していった。

店主の顔は、完全に鬼と化していた。

「おい、お前今、何した?」

店主の怒りに満ちた低い声に、若者はびくっと顔を上げ、か細い声で返した。

「あ、あの、ちょっとスープが熱かったんで、お水を入れたんですけど……」

「帰れ」

「……はい?」

「お代はいらねえから帰れっつってんだ! 二度と来んな!」

店主の怒りが爆発した。この展開を予想できていた常連客たちでさえ、思わずびくっくほど大きな怒鳴り声に、若者は泣き顔でぴょんと席を立った。

「す、すいませんでした!」

情けなく声を裏返し、若者は脱兎(だっと)のごとく店を出て行った。

緊迫していた店内は、すぐ安堵に包まれた。店主と常連客だけの店内において、迷惑なトラブルメーカーは、怒りっぽい店主ではなく、部外者の若者に他ならなかった。

「あんな馬鹿も珍しいねえ」

常連客の中でも最古参の、店主と同年代の白髪の男が言った。

「どうも最近、ああいうのが増えてるんだよ」店主がため息をつく。

「ラーメンの写真撮って、せっかくの美味いラーメンを早食いして、しまいには最高のスープに水入れるって、ありゃ大将じゃなくても怒るよ」白髪の客は苦笑した。

「まったく、近頃の若い奴らってのは、本当に馬鹿になってるのかね」

「あ〜あ、日本もお先真っ暗だよ」

そんな会話を、他の客もみなうなずきながら聞いていた。愚かな若者を見下して笑う優越感が、どの客の顔にも浮かんでいた。

《八割方食べてからの「お代はいらないから帰れ」いただきました！　チャレンジ大成功です！》
そんな見出しの後、若者は『麵どころ白眉』のレビューを書き込んでいく。
《ラーメン自体は十点満点で八点。メンタル強めの人なら店主を怒らせながらでも堪能できるほどの美味かと思います。今日の僕は、ラーメン屋のマナーを全然知らない若者という設定で、「出された熱いどんぶりを手で受け取る」→「無断でラーメンを撮影」で二回注意を受けてからの、「ちゃんと味わってないように見える早食い」→「ほぼ食べきってから、スープが熱いと言ってお冷やを注入」でとどめを刺し、見事に「お代はいらないから帰れ!」の獲得に成功しました。ただ、過去のレビューを見ると、しっかりお代を取られた人もいるようなので、毎回成功するとは限らないと思います。今日はほぼ常連客のみで満席だったので、失礼な客を追い出しながらお代をきっちり取ってるのを見られるのは、店主的に恥ずかしかったのかもしれません。合法タダ飯チャレンジは、「鬼の居ぬ間」ならぬ「鬼店主の居る間」で、かつ常連客が多めの平日夜八時台が狙い目かも。とりあえず僕的には、ここは文句なしの三つ星店です——》

若者はアパートの自室で、スマホを右手に持ち、満たされた腹を左手でさすりながら、『タダメシュランガイド —合法無銭飲食可能店紹介サイト—』というウェブサイトに、レビューをすらすらと書き込んでいった。

ショートショート　大人が注意できずに

「ママ、ママ、すごいよ！　お花がいっぱい！」

その男の子は、周囲の人混みをよそに、大声を上げて式場を駆け回っていた。

「わあ、ハゲだ！　ハゲハゲハゲ！」

男の子はお坊さんを見つけると、さらに耳障りな大声ではやし立てた。

「まったくもう……」

私は嘆息した。人前で騒ぐ子供は昔からいた。ただ、今は大人がそれを注意できないから問題なのだ。

「ねえ坊や、おばさんとあっちでお話しようか」

私は男の子に近付き、そっと耳元でささやいた。こんな優しい口調で言うのは、もちろん今が仕事中だからだ。本当なら大声で怒鳴りつけてやりたいところだ。

男の子を式場の隅っこに連れて行くと、彼はさっそく私を質問攻めにした。

「ねえおばちゃん、なんでみんなシ～ンとしてるの？　なんでみんな泣いてるの？」

「それはね、今お葬式をやってるからだよ」

「じゃあさ、なんでママも泣いてるの？」

「君のママの、大事な人が死んじゃったんだ」

「ふうん……」

男の子は、いまいち腑に落ちない様子でうなずくと、祭壇の一番上を指差した。

「じゃあさ……なんであそこに、ぼくの写真が飾ってあるの？」

私はため息をつくと、低い声で答えた。

「君は、死んじゃったんだよ」

「うっそだ〜」

「本当だよ。今ここで行われているのは、君のお葬式なんだよ」

私が冷静に言うと、男の子のそれまでの笑顔が、みるみる泣き顔に変わっていった。

「嘘だ……嘘だ嘘だ！　ぼく死んでないもん！」

「いい加減に現実を受け入れなさい！」私は諭した。

「うわあああん！」

彼は泣いて暴れ出し、白菊の入った花瓶をなぎ倒した。参列者たちがざわつく。

まったく、昔はこうなる前に先祖の霊が収めにきたのに、今の大人の霊は、新入りの子供の霊も注意できないんだから——。私は再びため息をついた。

業界内では常識だが、だいたいどの葬儀社も、霊感が強く、霊の姿が見える社員を一人は雇っている。私は、この葬儀社の創業以来三代目の「見える社員」だ。自らの死に納得できない故人の霊が、式場で暴れるのを防ぐのも「見える社員」の仕事だ。

ただ、子供の霊は本当に厄介だ。大人と違って話が通じないし、いったん暴れ出すと手がつけられないのだ。

こうなったら力ずくだ。会社に代々伝わる、強い霊気を帯びた銀色の数珠(じゅず)を霊に向けて掲げ、秘伝の呪文を唱えるのだ。霊は数珠を掲げた途端に動けなくなり、呪文を唱えると、人間でいうところの気絶状態になる。

しかし、社員用のバッグを探ってみても、銀色の数珠がなかった。ああ、そういえば、今日バッグを運んできたのは新人の田中君だった。まったく田中君ときたら、あれを会社に忘れてきちゃったんだな——。私はまたため息をついた。

こうなったら、数珠なしでいきなり呪文を唱えるしかない。これだと霊に与えるショックは大きくなるけど、この際仕方ないだろう。

私は暴れる男の子の霊の背後にそっと回り込むと、一気に呪文を唱えた。彼はショックで苦しみ出した。——と、その時だった。

「ちょっと、そんな荒っぽいことしなくてもいいじゃないですか!」

背後からの怒鳴り声に私が振り向くと、そこには中年女の霊が立っていた。

「子供がかわいそうじゃないですか!」

どうやらこの女、この子の先祖の霊らしい。ようやく出てきたと思ったら、騒ぐ子供の方ではなく、私に向かって怒鳴ってきたのだ。

とうとう私の堪忍袋の緒が切れた。

「はあ？　いい加減にしなさいよ！　騒ぐ子供を注意するのは、本来あんたたちの役目でしょ！　あんたたち先祖の霊がそんなに非常識だから、現世の人間も子供を叱れなくなってるんじゃないの！」

「何言ってるの！　先祖の霊が現世の人間に影響を与えるだなんて、時代遅れも甚だしい迷信だわ！　インチキ占い師じゃあるまいし」

「黙りなさいよ！　この馬鹿幽霊が！」

私は、花瓶の白菊を手当たりしだい引き抜いて投げつけた。


「ああ、また山下さんの霊が暴れてるみたいだな……。田中君、お願い」

ぽんぽんと空中を舞い始めた菊の花に式場がどよめく中、葬儀社の社員が言った。

「困りますよねえ。山下さん、自分が交通事故で死んだことを未だに認められない上に、しょっちゅうお客様側の霊と揉めるんだから」

四代目「見える社員」の田中が、ため息をついて、銀色の数珠を手に歩き出した。

ショートショート　心臓麻痺等ご注意を

日曜日の夜。煙草の煙がもうもうと立ちこめる、とあるビルの地下室。客の男たちが、ぎらついた目を一点に注いでいる。

いよいよこれから、全財産を賭けた大勝負が始まる——。

ここで行われているのは、まぎれもない違法賭博だ。それでも、この繁華街の一角のビルの地下室の賭場は、日曜の夜に客が絶えたことがない。この日も、五人の客と胴元が、互いに会話を交わすこともなく、じっと前を見据えて座っている。

スキンヘッドの男、サングラスの男、パンチパーマの男、両腕にびっしりと蛇の刺青(いれずみ)が入った男、そして右頰に大きな刀傷が走った男。——いずれも一目見ただけで堅気でないことが分かる五人の客からは、凄まじい殺気が漂っている。

パチンコや公営ギャンブル、それに様々な違法賭博でもなお満たされなかった者たちが、最後に行き着くのがこの賭場。ここはいわば、ギャンブラーの墓場だ。

五人の客はすでに全財産を胴元に預け、一発勝負の時を待っている。張り詰めた沈黙を、頃合いを見計らって胴元が破る。

「そろそろ時間です――。さあ、丁ないか、半ないか」

胴元のかけ声に、客の男たちが一斉に手を挙げた。

「丁！」スキンヘッドの男が指を立てる。

「半！」サングラスの男が、小指の先が無い右手を広げる。

「半！」パンチパーマの男も左手を広げる。こちらは小指が根元から無い。

「丁！」刺青の蛇が、這い登るように上を向く。

「軍！」刀傷の男が、拳を突き上げる。

彼らを見回した胴元が、小さくうなずいてから声をかける。

「丁が二人、半が二人、軍が一人、よろしゅうございますね。――それでは皆様、心臓麻痺等ご注意を」

もうすぐ訪れる運命の瞬間に、心臓麻痺を起こしてもまったくおかしくはない。ただ、ここが闇賭場である以上、救急車など呼んでもらえるはずがない。男たちは胴元の呼びかけに揃ってうなずく。彼らのぎらついた目線の先で、運命の時が刻一刻と近付く。

約三十秒後。ついに彼らの目の前の画面の、CMが明けた――。

「さ〜て、来週のサザエさんは？　フネです。涼しい季節になってきましたね……」

そんな呑気な声とともに展開される次回予告の映像を、男たちは殺気立った目で見つめる。張り詰めた緊張感の中、ごくりと唾を飲み込む音まで聞こえてくる。

そして、いよいよ緊張の一瞬──。

「来週もまた、見てくださいね。ジャンケン、ポン」

テレビ画面の中の、特徴的なパーマヘアの女が、なぜか自らの手を出さずに、手の形が描かれた札を出す。

その札に描かれていたのは、チョキ──つまり、丁だった。

「くそおおおっ！」

「ぐあああっ！」

半──パーに賭けていた、サングラスの男と、パンチパーマの男が揃って崩れ落ちる。

「よっしゃあああああっ！」

軍──グーに賭けていた、頬に刀傷が走った男が拳を突き上げる。

週に一度の、札束が乱れ飛ぶ大博打。この日も全財産を賭けた二人の男が破滅した。負けたパンチパーマの男は口を半開きにして虚空を見つめ、サングラスの男は絶望のあまり失禁した。一方、勝った男は狂ったように笑い、頬の刀傷まで紅潮させていた。

テレビ画面の中のパーマヘアの女は、そんな男たちを嘲るかのように「うふふふふ」と笑って手を振っていたのだった。

エッセイ　お祝いが身にあまり。

エッセイで書くことがなくなったから、ショートショートを書かせてほしい……なんてことを少し前に言っていたのに、絶対にエッセイで書かなければいけないことが、ニュースで報じられてしまいました。

すでに報道でご存じの方も多いと思いますが、このたび、私ミワ子は結婚しました。相手は俳優の早見怜司（はやみれいじ）さんです。

書くことがないというのは、実はこの一件が進んでいたせいでもありまして、正確には「身の回りで起きていることを本当は書きたいけど、書くわけにはいかないことばかり」という感じでした。お付き合いしている男性がいると書くだけで、相手の事務所にまでご迷惑をかける可能性が考えられたので、どうかご理解ください。

早見怜司さんは、芸人の私がドラマに出させてもらった時の共演者で、慣れない現場で右も左も分からない私に優しくしてくれて、それからちょくちょく会うようになって、デートするようになって付き合うようになって、後で聞いたら、ドラマの撮影の段階でもう彼が私に好意を持っていたとかで……なんて、これ以上書いてもノロケになってしまうので、これぐらいにしておきましょう。人のノロケ話なんて聞きたくもないわっ、という方の気持ちはよく分かります。私自身そういう人間なので。

ご存じの通り、早見怜司さんは昔、多少スキャンダルもあった人なので、私も最初は正直、多少の警戒心がありました。早見怜司の坊主頭が記憶に新しい、という方もいると思います。でも、実際に接してみればすごく親しみやすく、気付けば交際期間四ヶ月ちょっとのスピード婚をしてしまいました。

ありがたいことに、結婚の発表以来、お祝いをいただく機会が多いです。発表直後は、テレビ局に行くたびに先輩芸人さんの誰かしらからご祝儀をいただいていたほどでした。それも大物MC芸人さんともなると、私の数年前までの月収ほどの金額をポンと渡してくださる方もいたので、まさに身にあまる光栄でした。

ただ、これまた芸能界特有の慣習なのか、あるいは一般の方でも結構経験されているのか分かりませんが、お祝い返しというのが、なかなか難しいのです。

結婚祝いのお金をくださった先輩芸人さんの所属事務所に、後日お礼の品を「○○様」とお送りするのが、芸能界でのお祝い返しの習慣となっています。お祝いを渡してくれる段階で「お返しなんていらないよ」と言ってくださる方が多いのですが、実はその中には、A「本当にお返しなんていらない先輩」と、B「お返しなんていらないと口では言うけど、本当にお返しを送らなかったら後で怒る先輩」がいらっしゃるのです。

この見極めがなかなか大変なのです。

さらに言うと、A「本当にお返しなんていらない先輩」の中にも、それでもお返しを送った場合に、A1「ありがとう、と快く受け取ってくれる先輩」と、A2「いらないって言っただろっ、とマジギレに近い感じで怒る先輩」がいらっしゃるのです。

誤解があってはいけないのできちんと言っておきますが、これは私の実体験というわけではありません。この連載原稿を書いている時点で、お祝い返しを発送したばかりという段階です。ただ、こういった経験談を、同世代の既婚の芸人仲間数人から聞いたので、今からびくびくしているのです。（一応、Bタイプの先輩対策として、いらないとおっしゃった方を含めて全員にお祝い返しは発送しました。）ちなみに、夫の怜司さんに聞いたところ、やはり俳優界でも、こういうしきたりがあって神経を使うとのことでした。

そこで、私から芸能界全体への提案なのですが、結婚のお祝い返しに関して、各事務所の芸歴十年以上の所属タレントに聞き取り調査を行い、

A1「お返しなんていらないと口では言うけど、送ったら受け取ってくれる」タイプ

A2「お返しなんていらないと言うし、それでもお返しを送ったら怒る」タイプ

B「お返しなんていらないと言うけど、本当にお返しがなかったら怒る」タイプ

の三パターンに分類し、そのリストを全事務所で共有しておく、というのはいかがで

しょうか。そして、各々の事務所の所属タレントが結婚し、現場で先輩からご祝儀をもらったら、そのリストに基づいて、お祝い返しの対応をするのです。

聞き取り調査とリスト作成は面倒な作業ではありますが、結婚する芸能人は、各事務所につき毎年何人も、大きな事務所なら何十人も生まれ続けるわけですから、一度リストを作っておけば、タレントもマネージャーも後々すごく楽だと思うのです。

ただ、たぶん誰か一人ぐらい、うっかり間違って登録されちゃうと思うので、しばらくは後輩の結婚のたびに、やたらカリカリするベテラン芸能人が出てきてしまうと思います。でも、そんなアクシデントさえ乗り越えれば、タレントのご祝儀&お返し問題が全て解決するのです。芸能界のえらい人、ぜひご検討のほどよろしくお願いします。

エッセイ　夫婦というもの

結婚に伴って、引っ越しをしました。夫がすでに立派な家を持っていたので、私が転がり込む形での結婚です。

引っ越しの結果、私は、芸だけじゃご飯を食べられない若手芸人が多く住む街から、本物の芸能人が多く住む街へと移り住みました。

結婚前に住んでいた街では、家の近所を歩いていてばったり出会う芸能人が、ほぼテレビに出たことがない若手芸人ばっかりだったのですが（例　正岡（まさおか）チキン、チョモランマヒロシ、すね毛熱帯雨林たつや……など他にもいましたが、何人挙げたところで読者の皆様にとっては奇怪な言葉の羅列になってしまうのでこの辺にしておきます）、今は家の近くで、超有名な俳優や歌手の方などをちょくちょく見かけるようになりました。さすがに許可なく実名を挙げることはできませんが、街全体がテレビ局や撮影スタジオなのではないかと錯覚するほどです。

さらに、夫は別荘も持っています。といっても、軽井沢などのような別荘地ではなく、千葉の田舎なのですが、古くからの知人が手放そうとしていた物件を、お手頃価格で譲ってもらったのだそうです。

それにしても、一流芸能人だらけの街に住み、別荘まであるだなんて、私もとうとうセレブの仲間入りをしてしまいました。

そんな街の、ご近所の住人の中でも特に親しいのが、女優の東山桃子（ひがしやまももこ）さんです。ドラマに映画にCMに大活躍の女優さんとご近所同士になるなんて、ほんの数年前まで考えられなかったことです。

実は東山桃子さんは、私たち夫婦にとって、結婚前からの共通の友人なのです。私は、同い年の桃子さんとバラエティ番組で共演して以来、桃子さんたち女優チームと私たち女芸人チームが集まった女子会で一緒に飲んだことが何度もあり、夫もまた、桃子さんとはドラマや映画で何度も共演していて、気軽に会える仲だったのだそうです。だから、私と早見怜司さんが付き合っていることを知った時には、逆に桃子さんの方が「まさか友達同士が付き合ってたなんて！」と驚いていました。

そんな東山桃子さんとは、結婚の前も後も、時々私たち夫婦と三人で遊びに行ったりしています。三人で脱出ゲームに行ったこともあります。残念なのは、夫と桃子さんは脱出センスが絶望的にないことです。脱出ゲームを二人に教わった私が、今や中心となって謎を解いています。というか、私が加わるまで、二人は脱出ゲームで制限時間内に脱出できたことがほぼなかったそうです。普通はその時点で「脱出ゲームなんて面白くないね」となりそうなものですが、好きではあり続けたようです。二人とも前世が脱獄囚だったのかもしれません。

——と、このように、少し前まで売れない若手芸人の巣窟のような街に住んでいた私が、今や夫も友達も一流俳優なのです。これぞ芸能人です。私こそが真のセレブといっても過言ではないでしょう。

そんな私が引っ越してきた結果、早見家の台所では現在、段ボールのテーブルが使われています。

夫は料理をしない人で、結婚前は台所を使うこともあまりなかったようですが、そこに料理をする私が引っ越してきて、私の台所用品を引っ越し屋さんにキッチンまで運んでもらって、とりあえずそこで料理をすることになりました。料理をするにあたって、食材や調味料を置いたり、料理を盛りつけるのに使うテーブルが欲しかったのですが、早見家にちょうどいいものがなく、とりあえず私の荷物が入っていた引っ越し用の段ボールをガムテープで貼り合わせ、上に天板として畳んだ段ボールを載せ、ちょうどいい大きさの即席テーブルを作り、それを使いました。

すると、台所用テーブルはそれで十分だということが分かったのです。食事用のダイニングテーブルは別にあるので、台所のテーブルはただ物を置く台として存在していればいいし、段ボールなら食材や調味料を載せても重さに全然耐えられます。それどころか、普通のテーブルだったら、少し動かしたい時にもわざわざ持ち上げなければいけませんが、段ボールテーブルは足で蹴って動かせます。むしろ軽くて便利。そして、なんといっても無料。百円ショップで買ったテーブルクロスを上に掛ければ、もう台所用テーブルとして何一つ不足はありません。

というわけで、我が家では今後も、段ボールテーブルを家具として使い続けることが決定しました。庶民のみなさん、これがセレブ芸能人夫婦です。真のセレブは、家具が段ボールでできているのです。

——と、こんな感じで、今後も早見怜司ファンに殺されない程度に、ノロケエピソードなども出していければと思います。とはいえ、大人の事情で言えないことも色々あるので、次回またショートショートを書いていたら、大人の事情だったんだな～と察してください。

ショートショート　巨人現る東京山手

俺は、だいだらぼっち。

でえだらぼっちとか大入道（おおにゅうどう）とか、色々な呼ばれ方をするが、要するに巨人だ。

俺は長らく、海底で眠っていた。俺は水の中でも呼吸ができるし、少し長めに眠ろうと思えば何百年も眠れるのだ。で、久しぶりに目が覚めて、ふと気が向いたので、何百年かぶりに近くの陸地に上陸してみた。

この辺はたしか、昔はムサシとかエドとか呼ばれていたはずだ。だが、しばらく見ないうちに、里の様子はえらく変わっていた。

昔は俺より背の高い建物なんて一つもなかったのに、今は俺でも見上げるほど高い塔がいくつも建っている。それに、地面が石でも土でもない硬いもので覆われ、それが強い日差しを浴びてとても熱くなっている。しかもその上には、人間たちの色とりどりの乗り物が、驚くような速さで行き来している。その乗り物には四つの車輪がついていて、牛や馬に引かれているわけでもないのに、なぜか高速で動いているのだ。

海沿いから、小高くなった丘の方まで歩いてみたが、かつての自然を残しているような場所はほとんどなくなっていた。米を作る田んぼや、野菜を作る畑さえまったく見られない。見たところ、人間の数も昔より相当増えているようだが、田畑がないのにいったい何を食べているのだろう。

そんな人間たちの様子が、これまた昔と比べて大きく変わっていた。

昔の人間たちは、俺を見るとすぐ一目散に逃げ、遠くの物陰から心配そうにこちらを見つめていたものだった。ところが今の人間たちは、「ヤバイヤバイ」などと騒いで逃げながらも、手に持った小さな板をこちらに掲げ、「コレゼッタイバズルヨ」などと、どこか楽しそうに言い合っている。昔よりも恐怖心がだいぶ薄れているようだ。

まあ、昔と比べて里も人も様子が変わったとはいえ、俺もせっかく陸に上がってきた以上、何か仕事をして帰ろうと思う。

俺は昔、陸に上がるたびに、山を動かしたり、穴を掘ったりした。もちろんそれは、ただ悪戯(いたずら)でやっていたわけではない。人里が山の近くまで広がって、もし今山崩れが起きたら大きな被害が出るな、と思ったら山を適当な場所に動かし、ここに井戸があればみんなの暮らしが楽になるな、と思ったら穴を掘ってやった。そんな仕事の後はいつも、人間たちから感謝されたものだった。

今、この里は問題だらけだ。海からの風がたくさんの高い塔に遮られ、しかも地面がやたら熱を蓄える硬いもので覆われているので、この季節は暑くて仕方ない。まずは高い塔をいくつか引き抜いて移動させ、風通しを改善し、次に地面を剝がして土を露出させよう。そうすれば人間たちはもう少し快適に過ごせるはずだ。

ところが、塔を地面から引き抜こうとしても、びくともしない。よほど地中深くまで埋め込まれているようだ。しかも人間たちは、俺が仕事に取りかかったのを見て、感謝するどころか泣き叫び、怒り出した。塔の中の人間たちも安全に運ぼうとしているのに、彼らは大慌てで塔から飛び出すものだから、かえって踏んでしまいそうで危ない。

と、彼方から、車輪のついた乗り物の大群がやってきた。さらに、鳥にしては異様に大きな物が、どういう仕組みか分からないが、翼を動かさずにいくつも飛んできた。人間たちが「ジエータイだ」「べーグンだ」と口々に言った。その奇妙な物の群れは、俺に近付くと轟音と煙を次々に発した。

胸がちくりと痛んだ。見ると驚いたことに、俺の胸に小さな傷がつき、血が出ていた。さらに何十発もの轟音が上がり、俺に一斉に攻撃が加えられた。

俺の全身に、無数の傷痕ができた。一発一発はそれほど痛くはないが、このまま攻撃を浴び続ければ傷だらけになってしまう。俺は驚き、戸惑いながら、ジエータイやべーグンとやらに背を向けて逃げ出した。しかし、逃げる俺の背中に、なおも執拗に攻撃が加えられる。人間たちも、「やれ、もっとやれ」とはやし立てる。俺は、逃げる人間を追いかけていじめたことなんて、一度だってないのに。

慌てて逃げたものだから、俺は塔の角に、足の小指を思い切りぶつけてしまった。激痛にうずくまる俺。すると、人間たちから大きな笑い声が起きた。拍手まで起きている。しかもその間も、ジエータイやベーグンの攻撃はやまない。

俺は思った——。昔に比べて建物はこんなに大きくなったのに、人間たちの心は、なんと小さくなってしまったのだろう。

ショートショート　子供にゃ分からぬ桃太郎

むかしむかし、あるところに、おじいさんとおばあさんがいました。

ある日、おじいさんは山へしばかりに、おばあさんは川へせんたくに行きました。

おばあさんが川でせんたくをしていると、川上から、どんぶらこどんぶらこと、大きなももがながれてきました。

「おや、これは大きなももだ。おじいさんもよろこぶだろう」

おばあさんは、その大きなももを家にもちかえりました。

「じいさんや、大きなももがながれてきました」

「おお、それはすごい。すぐに切ってたべよう」

おじいさんはももを切ろうとしました。すると、ももがぱかっとわれて、中からかわいい男の赤ちゃんが出てきました。

「あら、これはおどろいた」

「でも、なんてかわいらしい赤ちゃんでしょう」

「うちには子どもがいない。よし、この子をうちでそだてよう」

二人は、その男の子に「ももたろう」という名まえをつけました。ももたろうはおどろくほどのはやさでそだち、あっというまにりっぱなせいねんになりました……

（中略）


……おにたいじをしたももたろうは、お金やおたからをうばいかえし、村にかえって人びとにかえしました。そのご、ももたろうは村でくらしました。

ところがある日、ももたろうはとつぜん、むねをおさえてたおれました。

「どうしたんだ、ももたろう」

おどろいたおじいさんとおばあさんに、ももたろうは言いました。

「おじいさん、おばあさん。ぼくの命は、もう長くはありません」

「なんだって？」

「ぼくは、ふつうの人とはちがうのです。そだつのがとてもはやかった分、みなさんより早くしんでしまうのです。でもどうか、かなしまないでください。ぼくがしんだら、日あたりのいい、広いところにうめてください。そこでぼくはもう一ど、みなさんをえがおにできるでしょう……」

ももたろうはそう言いのこすと、しずかに目をとじました。

「ああっ、ももたろう！」

おじいさんとおばあさんは、泣きながら手あてをしましたが、そのかいなく、ももたろうはしんでしまいました。おじいさんとおばあさんは、ももたろうのゆいごんどおり、ももたろうのなきがらを広いはたけのすみに、泣きながらうめました。

するとどうでしょう。ももたろうをうめたところから、一本の木がはえてきたのです。それは、ももの木でした。かつてのももたろうのように、おどろくほどのはやさで大きくなったももの木は、つぎの年には、とてもたくさんの実をつけました。そのおいしい実で、村人たちはおなかいっぱいになり、えがおになりました。

「ももからうまれたももたろうは、ももの木にうまれかわって、みんなをしあわせにしてくれたんだ」

村人たちは、ももたろうにかんしゃしました。そして、ももたろうを失ってかなしみにくれていた、おじいさんとおばあさんも、村人たちに大切にされながら、村で一生をおえました。そのももの木は、今も村とともに生きつづけているのです。

おしまい

【大昔のやりとり（現代語訳）】

「う〜ん、なんか最後の方、ちょっとテンポが悪いよなあ」

俺の原稿を読んだ草紙(そうし)編集者が、あくびをしながら言った。

「うちは子供向けの草紙なんだから、最後の桃の木が生えてきてどうこうみたいな、細かい辻褄合わせはいらないんだよね。どうせガキには分かりゃしないんだから。それよりも、話が短い方が、紙漉(す)き代も節約できるし好都合なのよ。――だから、そうだな、この主人公が死ぬくだり、ばっさりカットしてもらえる？」

あまりに軽々しい提案に怒りを覚え、俺は感情を抑えながらも食い下がった。

「いや、でも……このラストじゃないと、桃太郎が桃から生まれたっていう序盤のくだりが、何のオチもないまま終わっちゃって、結局あれは何だったんだ、みたいな感じになっちゃうと思うんですけど……」

すると編集者は、一気に機嫌を悪くした様子で言った。

「なに、刃向かうの？　別にいいんだよ、うちの草紙に掲載されなくてもいいなら」

くそ、何だこいつ。自分じゃ何も書けないくせして、偉そうに振る舞いやがって――。

猛烈に腹が立ったが、それでも草紙掲載の原稿料は欲しい。こんな奴に頭を下げるのは癪(しゃく)だけど、せっかく作った話がボツになっては、俺は食いっぱぐれてしまうのだ。

「……すみません、何でもありません」

俺は怒りを押し殺して、編集者に頭を下げた。

「分かりゃいいんだよ。じゃあこの、桃太郎だっけ？　こいつが鬼退治して村に帰ってきたらすぐ、『めでたしめでたし、おしまい』で締めちゃう形で書き直してきて」

「……はい」

不本意だが仕方ない。俺の作品『桃太郎』は、本来より大幅にクオリティが下がった形で世に出てしまうことになるだろう。でも、せっかく書き上げた作品が一文の金にもならないよりはましだ。言われた通りに書き直すしかない――。


【現代】

「よく考えたらさあ、昔話ってマジで雑だよね」

とあるファミリーレストラン。二十歳そこそこの無名の女芸人のコンビが、テーブルにノートを広げて話している。

「ほら、たとえば桃太郎なんてさあ、最初に桃から生まれたっていう、いかにも伏線っぽいくだりがあるのに、結局あの伏線は全然回収されないまま終わるんだよ」

「ああ、たしかに。たぶん昔の人は、伏線回収なんて誰も考えなかったんだろうね」

「いいよねえ、昔はレベルが低くて。今じゃ若手芸人のネタにも、伏線回収なんて当たり前に出てくるのに……なんて言ってないで、早く次のライブのネタ作らなきゃ」

二人はそう言って、雑談からネタ作りに戻った。

エッセイ　芸とかつらと陽灼けと坊主

かつらは意外と高い、ということを若くして実感するのは、お笑い芸人か、本当に若くして禿げてしまった人のどちらかだと思います。

コントを演じる若手芸人は、誰もが一度、「かつらが高い問題」にぶち当たります。パーティーグッズ系の、皮膚部分が明らかにゴムやプラスチックでできているような物は数百円で買えるのですが、テレビのコントで使われるようなしっかりした物や、本当に髪の薄さを隠したい人が日常生活で使えるレベルの「本気かつら」は、安くても数千円、高ければ何万円もするのです。

私は若手芸人時代に一度、「野球部の女子マネージャーが気合いを入れて坊主頭にしてきて、部員たちにドン引きされる」という内容のコントを考えました。それを演じるために坊主頭のかつらを探したのですが、なかなか見つかりません。これがスキンヘッドのかつら、つまり皮膚と同じような色のペラペラのプラスチックをかぶるだけの物だったら、百円ショップのパーティーグッズ売り場にもあるのですが、私が考えたコント「野球部女子マネージャー」は、ちゃんと短い毛が生えた、リアルな坊主頭のかつらをかぶって演じたかったのです。
私はネットでも実店舗でも必死に探しましたが、なかなか見つかりません。考えてみれば、本当に髪が薄い男性は、わざわざ坊主頭のかつらをかぶろうとは思わないでしょうから、坊主頭のかつらというのは世の中に需要がほぼないのです。「坊主頭の人物を演じたい人」という、当時の私のような希少な人間の需要しかないのです。需要がきわめて少ないけど、欲しい人は喉から手が出るほど欲しいというタイプの物は、えてして値段が吊り上がるものです。アダルトＤＶＤも「こんなの誰が見るんだよ⁉」という、ハードＳＭや×××、それに×××を×××しながら×××する、といったマニアックな性癖を扱った作品ほど、値段が高いと聞いております。（※編集部注　健全なテレビ雑誌に甚だ不向きな言葉があったので伏せ字にしました）
その後、私が苦労してようやく見つけた坊主頭のかつらは、一万円以上の値段でした。貧乏若手芸人にとっての一万円以上というのは、日本円に換算すると百万円以上です。さすがに手が出ません。
そこで私は奇策に出ました。同じ事務所の坊主頭の後輩芸人、正岡チキンに、彼がいつも使っているバリカンを借りて、私は自らを本当に坊主頭にしたのです。その本物坊主頭で、コント「野球部女子マネージャー」を披露した後、元々の私の髪型に最も近い、二千円台のセミロングの女性用かつらをドン・キホーテで買いました。そして、それまでに作った普通の女性役のコントは、その女性用かつらをかぶって演じるようになりました。

こうして私は、普段は坊主頭、舞台上とバイト先ではかつらをかぶるという生活を送るようになりました。それからしばらくして、私は実感しました。坊主頭生活はものすごく快適なのです。シャンプーなんてほぼいらないし、リンスやドライヤーは一切いらない。お風呂上がりに頭を拭くのも数秒で済みます。私は、この先ずっと坊主頭でいいじゃないかと思って、ちゃんと自分用のバリカンを買い、定期的に剃髪する生活を送りました。

しかし、ほどなくして、坊主頭の弊害も思い知りました。

五月の夏日になったある日、コントに使う小道具を探して、色々な店を昼間ずっと歩き回ったのですが、その翌朝、やけに頭が痛かったのです。「頭が痛い」といっても、中身ではなく表面の痛みです。何事かと思って、鏡を見て驚きました。

私の頭は、陽灼けによってひび割れ、亀の甲羅のような状態になっていたのです。

初めて坊主頭にしたのは冬場だったこともあり、私の頭皮は五月になって初めて、髪の毛に遮られない強い直射日光を浴びたのです。その結果、紫外線による大ダメージを負った私の頭皮はひび割れを起こし、そのひびの間から黄色い汁が出てきました。蚊に刺されて肌を掻きすぎた時に、血の手前で出てくる、あの黄色い汁です。

その状態でお笑いライブに出演し、楽屋でかつらを取った私の頭を見て、同期の女芸人の犬飼猫美（いぬかいねこみ）が「ミワ子ちゃん、頭の傷、接着剤で止めてるの？」と心配そうに聞いてきました。たしかに、私の頭皮のひびの間から出て固まった黄色い汁は、こういう接着剤あるよね、という、アラビックヤマト風の色と質感でしたし、当時貧乏芸人だった私は、壊れかけの靴やコント道具を接着剤で補修して使っていた時期もありました。でもだからって、私が自分の頭の傷を、そんな接着剤で補修するような、ターミネーター顔負けの女だと同期芸人に思われていたことにショックを受けました。「そんなわけないじゃん！」という返しのツッコミも、どこか悲しげだったと思います。

坊主頭の弊害は他にもありました。私は乾燥肌のせいで頭皮のフケが多く、髪が長かった時は見えずに済んだフケが、割とはっきり見えてしまうようになったり、夏は頭皮を蚊に刺されるようにもなりました。髪の毛というのは目隠しにも虫よけにもなっていたのだと、坊主頭にしてみて初めて気付きました。

最終的に、女性用のかつらが徐々に傷んできたのと、そもそも坊主頭にするきっかけになったコント「野球部女子マネージャー」が、そこまでウケるネタでもなく、あまりやらなくなったこともあり、私は再び髪を伸ばし始めました。こうして私の坊主頭ライフは、一年も経たずに終了しました。

そんな坊主頭経験者の私から、世の女性たちに忠告があります。

女性が彼氏の部屋で、自分のものではない長い髪の毛を発見して「何、この髪の毛？浮気してるでしょ！」と彼氏を問い詰める——的なシーンが、よくドラマやコントなどでありますが、実際はあれだけで浮気を疑ってはいけません。

というのも、私が坊主頭で過ごした一年弱の間に、アパートの自室で長い髪の毛を見つけたことが何度かあったのです。長さ的に、坊主にする前の私の髪でもなかったし、私はその期間、女友達を家に招いたこともありませんでした。（友達の少なさを気の毒に思うのはいったんやめてください。）おそらく、ライブで共演した女性芸人や、バイト先の同僚、電車で近くに乗っていた女性などの髪の毛が私の服に付いて、それを部屋に持ち込んだのでしょう。

このような現象が起こる以上、部屋に落ちていた長髪一本だけで、彼氏が浮気していると決めつけてはいけません。本気で彼氏の浮気の有無を判断するなら、お風呂の排水口をチェックするのが確実でしょう。排水口に自分でも彼氏でもない長い髪の毛がたくさんあったら、それは浮気の可能性大だと思います。

逆に、これから浮気したいという男性は、髪の長さが自分以下の、できれば坊主頭かスキンヘッドの女性を浮気相手にするのがベストです。昔の私のような坊主頭の女芸人、もしくは尼僧と浮気をしましょう。

ショートショート

反社会天才学者の性癖

ついに完成した。天才である俺にとっても過去最高の発明品、透明人間になれる薬だ。これを飲めば、人間の体を完全に透明にできるはずだ。

——と、自らの体で実験するまでは思っていたのだが。

俺は今、一人暮らしの自宅の鏡の前に、全裸で立っている。鏡に映る俺の姿は、透明とは程遠い。それどころか、俺自身でさえ目を背けたくなるような有様になっている。

まさか、透明にならない部分が、こんなに出てきてしまうとは思わなかった。

まずは体毛だ。髪も脇毛も陰毛も、はっきり鏡に映っている。毛というのは死細胞だから、薬を飲んでも作用が行き届かないようだ。実際に飲んでみて初めて分かった。

そして、その理屈で言えば当然、同様に透明にならない物がある。

最も正視に耐えない物——消化器の内容物だ。

ぐちゃぐちゃに咀嚼されたカップ麵。その下には、ヘアピンカーブを繰り返しながら徐々に便になっていくそれが、鏡に映っている。ああ、見ているうちに気持ち悪くなってきた。ついでに、その手前には膀胱の形に溜まった尿も見える。やはり飲食物も俺の体細胞ではないわけで、薬の作用で透明にはならなかったようだ。

要するに、鏡の中の俺は今、宙に浮く毛とゲロとウンコとオシッコなのだ。透明人間になれる薬を発明したはずが、これでは透明人間とは言いがたい。もしこの姿で外出しようものなら、普通の人間よりよっぽど目立ってしまうだろう。

それ以外の俺の体細胞は、観察を続けたところ、薬を飲んでから一時間半ほどで徐々に肌の色を取り戻し、二時間ほどで完全に元に戻った。ちなみに薬を飲んでから体が透明になるまでの所要時間は三十分ほどだった。今は八月。血流や代謝が最も盛んな時期だ。季節によって、これらの時間にも変化があるのかもしれない。

多少の見込み違いはあったが、俺がものすごい発明をしたことは間違いない。この成果を発表すれば、ノーベル賞受賞は確実だろう。

でも、すぐに発表するつもりはない。

当然だ。発表してしまえば、俺の欲望を叶えることは二度とできなくなってしまうのだ。去年までの勤務先である、あの大学で——。

まったく今でも許せない。この俺を、たかが女子更衣室の盗撮ぐらいでクビにしやがったのだ。俺ほどの天才が、准教授という不当に低い肩書きと安い給料に甘んじて、愚かな学生相手に講義をして、無能な教授の研究の手伝いをしていたのだから、若い女の下着姿を楽しむ程度の見返りは与えられて当然だったはずだ。なのに奴らときたら、更衣室で見つけた隠しカメラの映像の最初に、カメラを仕掛けた時の俺の顔が映っていたと、鬼の首でも取ったように言い募り、俺を囲んで罵倒してきやがったのだ。

すでに大学の女子寮の場所は調べてある。俺の犯行を暴いた後、俺を罵ってきたあの女子学生たちのことは、片時も忘れたことはない。あの憎たらしい女たちの裸を、寮の風呂でたっぷり堪能してやるのだ。恨みがある分、いっそう興奮できるはずだ。

俺は計画を立てた。毛と便が透明にならないのであれば、毛を全て剃り、消化器を空にすればいいだけの話だ。入浴する学生が多いのは、たぶん夕方から夜にかけてだろう。その少し前に女子寮近くの駐車場に車を停め、車内で薬を飲み、体が透明になったのを確認してから女子寮に入ろう。そうすれば、あとは……ぐへへへへ。

善は急げ、いや悪は急げだ。俺は体毛を全て剃り落とし、絶飲食を敢行し、下剤まで飲んだ。もちろんつらかったが、その先のパラダイスを思えば余裕で耐えられた。

そして翌日の午後、俺は車で女子寮に向かった。少し離れたコイン駐車場に車を停め、窓がスモークガラスの後部座席で薬を飲み、体が透明になったところで服を脱ぐ。持参した鏡でつぶさに確認したが、俺の姿は正真正銘の透明になっていた。よし、ついに夢が叶うのだ！　俺は意気揚々と車を出て、女子寮へと歩いた。

だが、誤算だったのは、八月の屋外は夕方でも、クーラーを効かせた家や車の中とは比べものにならないほど暑かったことだ。

外に一歩踏み出した時点で、足の裏が火傷しそうなほど熱いことには気付いたが、日陰を歩けば平気だろうと思い、そのまま歩き出してしまった。しかし日陰になった場所も、数十分前まで日向だったのだと痛感できてしまうほど熱かった。体が透明になっているせいで確認できなかったが、おそらく足の裏はとっくに火傷していた。

目標の女子寮まで数百メートル。その距離がこれほどつらいとは思ってもみなかった。足の裏の痛みも、絶飲食によるめまいも、どんどん悪化していった。間違いなく熱中症になっていた。ほぼ二日絶飲食しているのだから、体が暑さに負けるのも当然だった。女子大生の裸ばかり想像して、そんな危険性すら想像できなかった自分を呪った。

だめだ、引き返すしかない。そう判断するのが遅すぎた。もはや引き返したところで、駐車場にもたどり着けそうにない。俺は駐車場と女子寮のちょうど中間辺りの地点で、激しいめまいを起こし、とうとう倒れてしまった。

「た、助けてくれ……」

俺は通りすがりの若い男に声をかけた。男ははっとした様子で周りを見回したが、首を傾(かし)げて去って行った。それもそうだ。俺は透明人間なのだ。きっと空耳だとでも思われてしまったのだろう。

「助けて……誰か、助けて……」

もはや立ち上がることも叫ぶこともできない。俺はただ歩道の隅に倒れて、か細い声で助けを求めることしかできなかった。何人かが俺の声を聞いて立ち止まったが、みな周囲を見回し、首を傾げて去ってしまう。やがて視界も霞んできた。ああ、なんてこった。ノーベル賞間違いなしの俺が、こんなところで死んでいいはずがない……。


「ねえ聞いた？　うちの大学クビになった、あの変態の准教授」

「ああ、女子寮の近くで全裸で死んでたってやつでしょ？　マジでドン引きだよね」

「しかもスキンヘッドで、全身脱毛してたらしいよ。マジで超キモいんだけど」

「あんま大きい声じゃ言えないけど、死んでよかったね。あんなクズ人間」

「でもなんか、研究者としては優秀だったって噂も聞いたよ。自分の家に実験室を作って、すごい熱心に研究してたとか……」

「そんなの本人が吹いて回ってただけでしょ。盗撮でクビになるような奴だよ」

「そっか、やっぱりただの噂だよね」

学生たちに糞味噌に言われ、誰にもその死を悼まれることのなかった元准教授。彼の家の実験室に遺された謎の薬は、警察官によって発見されたが、それを飲んでみる勇気のある者などいるはずもなく、残らず廃棄処分された。ノーベル賞確実といえた新薬は、こうしてあっさり闇に葬られたのだった。

エッセイ　神対応が出来ません

街で声をかけられたり、サインを求められた時、私はあまり気持ちのいい対応をできる芸人ではありません。いわゆる神対応なんて夢のまた夢です。

そもそも街で声をかけられること自体、あまり多くありません。私をご存じの方は分かると思いますが、私の顔は「モブキャラ」とか「指名手配されても絶対捕まらない」とか言われるほど印象が薄い方だし、普段は眼鏡をかけているので、テレビに出ている時とはさらに印象が違うと言われます。「あの人、女芸人のミワ子かな。いや違うかな。う〜ん、違ったら恥ずかしいからやめとこう」という感じで、私を見て迷った末に結局歩き去って行く人も、私はちょくちょく視界の端でとらえています。街で私に声をかけるには、まずはその「ミワ子か否かチャレンジ」という最初の関門を越えなければいけません。

そんな関門を越えて「ミワ子さんですよね？」と声をかけてくれた人に対しても、私は引きつった顔で対応してしまうのですから、芸能人の風上にも置けません。ただ、言い訳をさせてもらいますと、最近はよからぬ人とツーショット写真を撮ってしまうだけで、あることないこと報道されてしまう時代なのです。たとえどんな相手であっても、「この人が反社だったらどうしよう」という思いが一瞬よぎってしまいます。全然そうは見えないおばちゃん、おばあちゃんでも、実は裏組織のゴッドマザー的存在かもしれません。だいたい悪い人というのは、何か事件を起こした際に周辺の人にインタビューすると「そんなことをする人には見えませんでした」なんて言われるのが相場なのです。優しそうなおばちゃんが極道の妻である可能性は十分にあります。

「一緒に写真撮ってください」「サインください」「握手してください」――街で声をかけてくる人の要求といえば、だいたいこの3パターンですが、どれを言われても私は想像してしまいます。相手が実は反社だった場合、一緒に写真を撮って、それが流出して問題視されたらどうしよう。サインをして、それが何かしらの方法で闇金の書類に転写されて、莫大な借金を背負わされたらどうしよう。握手をして、私の指紋が相手の手に仕込まれた超小型機械でスキャンされて、それが殺人現場に転写されて私が殺人犯扱いされて、決死の逃亡劇を演じる羽目になったらどうしよう――。私の脳内でハリウッド映画ばりのストーリーが展開された結果、「サインください」と言われた後でも「ああ……………はい」と、だいぶ長めの間が空いてしまいます。すると「あ、嫌だったらいいです」と、私が乗り気じゃないのを察し、出しかけたペンを引っ込めてしまう人もいて、結果的にますます気まずくなるのです。

こんなのは神対応には程遠いでしょう。ただ、分かっていただきたいのは、私程度のビジュアルの女芸人でも、過去に変なファンに悩まされた経験があるということです。そのせいもあって、どうしても警戒心が捨てきれないのです。

ライブに出演した帰り道で、家まで尾行しようとしてきた男性もいましたし（途中の乗り換え駅で気付いて撒きました）、下着をプレゼントしてくる男性ファンもいました（どうやら私以外の何人かの若手女芸人にも同様に渡していたようです）。芸人になると、男女とも多少は異性にモテるようになると思うのですが、それは男芸人にとってはメリットばかりでも、女芸人にとってはデメリットが相当大きいのです。異性のおかしなファンが力ずくで迫ってきた場合、男芸人だったら力で負けることはないでしょうが、女芸人は力で負けるのです。このリスクは看過できないのです。

そんな、警戒心をつい抱いてしまうタイプのファンの方は、リアルの世界だけでなくネット上にもいらっしゃいます。

私を含む近年の若手芸人は、SNSを何もやっていないと営業努力不足とみなされてしまうので、本来SNSなどやるタイプではない私のような低社交性人間でも、渋々やっています。といっても、出演番組やライブの告知をするのがほとんどで、日常のことを投稿するのなんて一週間に数回程度。大した数のリプライも付きません。

ところがある時から、リプ欄に、私の熱狂的ファンと思われる方が現れたのです。

その方は、アイコンが私の写真で、プロフィール欄にも「女芸人のミワ子が大好きなアラフォー男」と書いてある、明らかに私の名前を模したハンドルネームの方でした。(仮に「ミワ彦」とさせていただきます。) それだけだったら、肖像権等の問題はさておき、大ファンでいてくれること自体は嬉しいとも言えます。

ただ、ミワ彦さん（仮）は、なんというか……少々お節介が過ぎるのです。

たとえば、私が珍しく芸人仲間と撮った写真を投稿したら、「その写真はお台場のフジテレビ付近ですね」とか「その写真は六本木だからテレ朝の収録があったんですね」などとリプを付けてくるのです。それが外れていればいいのですが、見事に当たっているのです。そこまでヒントになるような背景を写したつもりはなかったのですが、彼はほんのわずかなヒントから場所を特定したようです。

一番困ったのが、何年か前に自宅近くで撮った写真をSNSに上げたら、「そこは東高円寺ですね」とリプを付けられてしまった時です。たしかに近所のお店の一部が、ほんの少し見切れていたんですが、なにもみんなに知られるように書かなくてもいいじゃないか、と心から思いました。今は引っ越したのでこの話も書けますが、当時は念のためその投稿をすぐ消去しました。

そして、最も驚いたのが、何年か前のP－1グランプリの準決勝の後の投稿です。たしか私は、こんな内容の投稿をしました。

『準決勝終わりました。

私的には百点の出来です！

唯一の心残りは楽屋のケータリングを食べ損ねたことだけ
ここからは普段通り過ごすだけです。決勝進出を祈って』

すると、しばらくしてから、ミワ彦さんからこんなリプが届いたのです。

『何かあったんですか？　語尾で助けを求めてますよね？　警察呼びましょうか？』

私は、しばらく意味が分かりませんでしたが、「語尾で助けを求めてますよね？」の意味が分かった瞬間、思わず苦笑してしまいました。

たしかに、私の先の投稿の、各行の末尾の文字を読んでいくと「たすけて」になっていたのです。でも、もちろんただの偶然です。それぞれの語尾に「。」や「！」や絵文字も付いているし、救助を求めるメッセージじゃないことは明らかです。

そんな妙なファンはブロックすればいいじゃん、と言われることもありますが、いろんな意味でここまで仕上がっているミワ彦さんは、ブロックしたら逆上して、私を攻撃するようになってしまうかもしれません。絶対に敵に回したくないタイプです。だからミワ彦さん。あなたはこれからも大事なファンだよ。今後もよろしくね！　……なんて、余った字数で日頃していない神対応を、自衛のためにしてみました。

今後は遊んで暮らす。

「俺、これから将棋で食っていきてえんだ」

　息子の言葉を聞いて、父は叱りつけた。

「べらぼうめ、何を言ってやがんだ。そんなの無理に決まってんだろうが。将棋なんぞで遊んで暮らすなんざ、馬鹿なこと考えんな」

「でもお父っつぁん、今は将棋で本当に強くなりゃ、幕府からお給金がもらえて、ちゃんと暮らしていけるんだぜ」

　息子が反論するが、父親は嘆息してから説教する。

「そんなことは俺だって知ってらあ。でもそんな奴ぁ江戸ん中でもほんの一握りだろ。世の中そんなに甘かねえんだよ……。まったく、おめえもいい加減に真面目に働けってんだ。おめえは器用なんだから、せめて安藤さんとこの坊ちゃんみたいに、絵師にでもなってくれたらいいのによお」

「ふん、絵師だって似たようなもんじゃねえか。遊びで絵え描いてるんだから」

　息子の言葉に、父親は憤慨する。

「こら、なんてこと言うんだ。人様の役に立ってる絵師を、将棋指しなんかと一緒にするなってんだ」父親は部屋の畳を指差した。「ほら、それも片付けちまえ。将棋盤と駒。そいつのせいで部屋が狭くなって、邪魔でしょうがねえやい」


「俺、高校卒業したら、プロゲーマーになりたいんだ」

息子の言葉を聞いて、父は叱りつけた。

「何言ってるんだ。そんなの無理に決まってるだろ。ゲームなんかで遊んで暮らすなんて、馬鹿なことを考えるな」

「でも父さん、今は大金を稼いでるプロゲーマーだってたくさんいるんだよ」

息子が反論するが、父親は嘆息してから説教する。

「そんなことは俺だって知ってるよ。でも、世の中そんなに甘くないってことを言ってるんだよ」

そこで父親は、リビングルームのテレビで流れるニュースに目をやる。若き天才棋士の藤井聡太がまた勝ったというニュースが報じられている。

「まったく、お前も藤井君ぐらい立派な人になってくれたらいいのに」

父親がつぶやくと、息子が言い返した。

「プロ棋士だって、言ってみりゃプロゲーマーじゃん。だってあいつら、ボードゲームで飯食ってるんだよ」

「こら、なんてこと言うんだ。研ぎ澄まされた頭脳の戦いを、テレビゲームなんかと一緒にするな」父親はそう言って、リビングルームのソファを指差した。「ほら、それも早く片付けろ。ゲームのコントローラーも充電器も置きっ放しにして、それのせいでソファでくつろげなくて、邪魔でしょうがないんだから」


「俺、大学卒業したら、プロヌゴッパーになりたいんちょ」

息子の言葉を聞いて、父は叱りつけた。

「何言ってるんだし。そんなの無理に決まってるし。ヌゴッペなんかで遊んで暮らすなんて、馬鹿なことを考えるなっちゃ」

「でもでもパパさん、今は世界中を回ってヌゴッペして、大金を稼いでる人だってたくさんいるんだっちょ」

息子が反論するが、父親は嘆息してから説教する。

「そんなことは俺だって知ってるっちゃ。でもでも、世の中そんなに甘くねえし」

そこで父親は、リビングルームの壁面ビジョンで流れるニュースに目をやる。ストリートファイター13の世界大会の団体戦で、日本代表が優勝したというニュースが報じられている。

「まったく、お前もプロゲーマーみたいに立派な人になってくれらんな」

父親がつぶやくと、息子が言い返した。

「あいつらだって、俺と似たようなもんだちょ。格闘ゲームっていう遊びで飯食ってんだかっし」

「こら、なんてこと言うんご。鍛え抜かれた反射神経と戦略眼の戦いを、ヌゴッぺなんかと一緒にするなし」父親はそう言って、リビングルームに浮かぶフライングソファを指差した。「ほら、早くそれも片付けなさっし。ヌゴッぺ棒とヌゴッぺ洗面器とワープマシンとロケットランチャー。それのせいでフライングソファでくつろげなくて、邪魔でしょうがないんぴょ」

エッセイ　後悔するぐらいなら

ＳＮＳのＤＭで人生相談が来ました。マナミさんというハンドルネームの方からで、「仕事を辞めてお笑い芸人になりたいと思っているけど決断できません。同じ立場から芸人の夢を叶えたミワ子さんにご相談したいです」という内容でした。

私は普段、基本的にはＳＮＳのＤＭに返信していません。そもそも私に普段来るＤＭというのは、水着や下着姿の女性の画像に「いいね」を付けることを日課にしておられる男性からの「ミワ子さんって性欲強そうですね。連絡先交換しませんか？」という内容だったり、自称年収一億円の投資家の方が「興味ありませんか？」と素人目にも怪しいと分かる投資話を勧めてくる内容だったり、果ては「テレビで拝見したところ、ミワ子さんには悪霊が憑いてます。十万円でお祓いしましょうか？」という内容だったりと、とてもまともに返信していられない内容のものばかりなので、基本的には無視を決め込んでいます。……あ、今思い出しましたが、「悪霊が憑いてます」と送ってきた自称霊能力者の方には、「実は私にはあなた以上の霊能力がありまして、あなたのプロフィール写真を見たところ、あなたには悪霊が85体憑いてます。ご愁傷様です」と送り返してからブロックして差し上げました。

そんなＤＭばかりの中で、マナミさんのＤＭは真摯な内容でした。今は名古屋でシステムエンジニアをやっていること。とにかく激務で、残業代を含めれば間違いなく高収入ではあるけど、この過酷な仕事を続けて幸せになる将来が見えないこと。一方、子供の頃からお笑いの世界に憧れがあり、年を取って後悔するぐらいなら、一度きりの人生で思い切ってチャレンジしたい気持ちもあること。ただ、本気で自分が芸人を目指したいのか、それとも今の仕事から逃げたいだけなのか、自分でも分からなくなりつつあること――。そんな丁寧な説明の最後に、こう添えられていました。

「こんな相談をされてもご迷惑だろうと思います。でも、同様の決断をして成功されたミワ子さんに相談しないまま、仕事を続けるか辞めるか、どちらの決断をしたとしても、私はきっと後悔すると思ってしまいました。

もし返信をいただけたら、これ以上ないほどの励みになりますが、ミワ子さんがお忙しいのは重々承知していますので、無視されて当然だと思っております。

どうぞご自愛くださいませ。返事をくださってもくださらなくても、今後とも末永く応援させていただきます」

必ず返信したい。私は強く思いました。ただ一方で、無責任に乗れる相談でもありません。私の答え方次第で、マナミさんの人生を狂わせてしまうかもしれないのです。

熟考の末、私は返信しました。その内容を抜粋します。

「仕事を続けて幸せになる将来が見えない、という状況、痛いほど分かります。二十歳過ぎぐらいの私もまったく同じでした。でも、後悔するぐらいなら仕事を辞めて芸人になるべきだと、無責任に勧めることもできません。お笑い芸人になる夢をあきらめきれずに仕事を辞めて、晴れて芸人になった……のに、生活の厳しさや自分の才能の無さに絶望し、かつての決断をもっと後悔しながらお笑いを辞めていった人を、私は何人も知っています。

私自身も、懸命の努力の末に、賞レースで結果を残し、お笑い芸人として生計を立てられるようになったと自負していますが、努力が必ず実を結ぶ世界でもありません。私にだって、間違いなく幸運もあったはずです。もしタイムマシンで売れる前に戻って、もう一度かつての勝負ネタを賞レースの予選で披露したとしても、たとえば予選会場の審査員が別の人で、私をさほど評価しない人だったら、それだけで予選落ちの結果になってしまったかもしれませんし、まったく同じことをやったのに売れない、ということも十分ありえると思います。

今の仕事がつらいのはよく分かりました。でも、システムエンジニアのスキルを生かして同業他社に転職すれば、十分幸せになれるかもしれません。もしかしたら、それが最良の選択なのかもしれません。

　そんな可能性も踏まえた上で、それでもお笑い芸人になって、私と共演する機会が生まれたら、ご飯をご馳走する程度のことはします。逆に、私にはそれぐらいしかできません。こんな返信しかできませんが、最後は自分で考え尽くして決断してください。」

　すると、数日後にマナミさんから返ってきたのが、こんなＤＭでした。

「ご返信ありがとうございます。おかげさまで決断できました。上京してお笑い芸人になろうと思います。つきましては、必ず返しますので、上京するための費用を50万円ほど、こちらの口座に振り込んでいただきたいのですが――」

　あれえ～、おかしいな～。「間違いなく高収入」と言えるだけの仕事をしてるのに、なんで上京の費用が50万円も足りないのかな～。そもそも、名古屋から上京する費用って50万円も行かないと思うけどな～。怖いな～、怖いな～。（稲川淳二風に）

　後日、テレビ番組の収録前に、このＤＭを芸人仲間に見せたところ「ほぼ同じ文面のＤＭ来たことあるよ」と複数人に言われました。さらに、友人で女優の東山桃子さんも、「女優を目指してる」という人からほぼ同じ内容のＤＭが来たそうです。詐欺ＤＭ確定でした。くそっ、真面目に返信した時間返せ！

貴方と最後の一問一答

「ねえ、いつになったら奥さんと別れてくれるの？」

美佳は、ベッドの隣で横になる貴弘の、情事で弾んだ呼吸が収まる頃を見計らって、そっと肩に手を置いて尋ねた。

「またかよ……。せっかく楽しい時に、そんなこと聞かないでくれよ」

貴弘は鼻で笑いながら素っ気なく答えると、美佳にぷいと背を向けた。その裸の背中を見て、美佳の目に一気に涙があふれた。

やはり、貴弘は妻と別れる気などないのだろう。美佳は愛人という名の、欲望のはけ口に過ぎないのだ。今日だって、南太平洋を望む高級コンドミニアムのスイートルームで、こうして愛し合った。こんな豪華な部屋に泊まれるなんて、傍から見たら羨まれる厚遇だろう。表向きは海外視察に来た社長と秘書。でも実態は不倫旅行だ。貴弘は享楽目的で美佳を海外リゾートに連れてきただけなのだ。

愛人たるもの、こうして甘やかされ、金をかけられ、抱かれるだけの境遇を、甘んじて受け入れるべきなのだろう。でも、美佳はその境地に至ることはできなかった。壮年とは思えないほどの男の色気と、抜群の財力を持った貴弘を、独占したいという気持ちは捨てられそうになかった。

しかし、彼を独占できる日は、これからも永遠に訪れないのだろう。

貴弘は今後も、美佳の若い体をもてあそぶことにしか興味がないのだ。美佳が年を取れば、きっとこの関係は終わってしまう。彼が生涯添い遂げる相手は本妻一人だけなのだ。美佳は深い悲しみと絶望を胸に、そっとベッドを下りて、バスローブを羽織った。

貴弘はこちらを振り向きもしなかった。

美佳と貴弘の、互いに対する思いは、あまりにもかけ離れている。このだだっ広いスイートルームのように、心の距離は大きく広がってしまっているのだ。

美佳はふと、部屋の外を見た。窓は少し開いている。冷房が効きすぎだと言って、貴弘が情事の最中に開けたのだ。外に声が聞こえちゃう、と美佳が恥じらうと、聞かせてやればいいじゃないか、と貴弘はいやらしく微笑んだのだった。

窓の外の庭は広い。さすがは最高級のコンドミニアムだ。遠くに小さく、庭園を掃除する清掃員の姿が見える。健康そうな若い男だ。彼が今いるのは、ちょうどプールエリアの端。テーブルの上のパンフレットを見ると、この部屋のすぐ外から続くプールエリアは、幅が170メートルもあるらしい。つまり、あの清掃員は、窓際のベッドからちょうど170メートル離れているのか。美佳はそんなとりとめのないことを考えながら、キッチンへと歩いた。

そして、鋭利なナイフを手に取った。

もう、美佳の心は決まっていた——。

微かな金属音を聞いて、ベッドで寝ていた貴弘が振り向いた。彼は、ナイフを手にした美佳を見て、慌てて体を起こした。

「おい……何してんだよ」

「もう疲れた……。あなたを殺して、私も死ぬ」

美佳は微笑みながら、ナイフの刃先を貴弘に向けた。

「おい、ちょっと待ってくれよ！」貴弘は目を丸くして叫んだ。

「来世では、夫婦になろう」

美佳は、かすれた声でつぶやくと、ちょうど8メートル前方にいる貴弘に向かって、一直線に突進した。

「やめろおおおっ！」

貴弘は断末魔の叫びを上げた。


以上の文を読んで、次の問題に答えなさい。（聖オカリナ学院中学校　2022年度入試問題）

○問１　ナイフを持って突進する美佳が、秒速５メートルで走った場合、貴弘は何秒後に突き刺されるでしょうか。小数点以下１ケタまで書いて答えなさい。なお、美佳は貴弘の手前でためらったりはせず、強い殺意を持って速度を一切落とさないまま突進するものとします。
○問２　貴弘の「やめろおおおっ！」という断末魔の叫びが、コンドミニアムの清掃員に聞こえるのは何秒後でしょうか。小数点以下１ケタまで書いて答えなさい。音の伝わる速さは秒速３４０メートルとします。
○問３　貴弘の叫びを聞きつけた清掃員が、何事かと思って、秒速７メートルで美佳と貴弘のいる部屋の方へ一直線に走った場合、清掃員が修羅場に気付くのは何秒後でしょうか。ただしこの清掃員は、自然豊かなこの地で育っただけあって視力が抜群によく、１００メートル先で起きていることは完璧に見えるものとします。
○問４　清掃員はこの後、ベッドの上で血まみれになった貴弘と、返り血を浴びたままケタケタ笑う美佳を発見して戦慄しますが、すぐに救急車を呼ばなければいけないと思い立ち、秒速９メートルの全力疾走で、２７０メートル離れたコンドミニアムのフロントに行き、受付の係員に事情を説明して救急車を呼ばせます。事情説明と通報に合計２分30秒、通報終了から救急隊員の到着までに６分かかったとして、貴弘の救命率は清掃員が戦慄した時点から何％下がるでしょうか。この場合の救命率は、救急隊の到着まで1分かかるごとに10％下がるものとします。
○問5　問4で出た答えから、貴弘の今後の命運について一言で表すとしたら、どう表現できるでしょうか。10文字以内で答えなさい。
○問6　結局、貴弘の何がいけなかったのでしょうか。100文字前後で答えなさい。

［模範解答］
問1　1・6秒後
問2　0・5秒後
問3　10秒後
問4　90％下がる
問5　ほぼ間違いなく死ぬ。
問6　壮年とは思えないほどの男の色気と、抜群の財力を用いて、美佳の心を奪い、本妻と別れる気などないのに美佳の体をもてあそぶという、まるで本学院の校長が部下の女性教師に対して行っているような破廉恥きわまる振る舞い。

ショートショート　〇〇番にダイヤルを

真夜中の、とある大豪邸。

その一階の奥には、立派な金庫室があった。中には札束だけでなく、金塊や宝石など、総額数十億円にものぼる高価な金品が収蔵されていた。

豪邸の住人である大企業の会長夫妻は、その日は旅行に出かけていた。だからその夜、豪邸の中には誰もいないはずだった。

ところが、金庫室の辺りから、二人の男の声が聞こえてくる――。


「いいかケン。ダイヤルを、俺の言う通りに回せよ。まず、右に二十五だ」

「……回したよ、兄貴」

「そのあと、左に六十七、右に十三、最後に左に四十八だ」

「……オーケー、回したよ、兄貴」

「それで、ダイヤルの鍵は開くはずだ。カチッと手応えがあるだろ」

「あれ？　兄貴、何の手応えもないよ」

「おかしいな、そんなはずはないぞ。ちゃんと回したのか？」

「うん。ちゃんと右手で二十五まで回して、そのあと左手で六十七まで回して……」

「馬鹿！　右、左っていうのは、どっちの手で回すかを言ってんじゃねえんだよ。右回り、左回りっていう意味だよ」

「あ、そういうことだったのか。手だけ交互に替えて、ずっと時計回りに回してたよ」

「まったくもう、相変わらずケンはそそっかしいな」

兄貴と呼ばれた男は呆れながらも、再度指示をした。ケンと呼ばれた男も、言われた通りにダイヤルを回した。すると、カチッと小さな音が響いた。

「おっ、手応えがあったよ。これで金庫室の扉が開くんだね。ちょろいもんだ」

「馬鹿、そんな簡単に開くなら、俺たち金庫破りも苦労しねえよ。取っ手の下を見てみろ。鍵穴があるだろ。その鍵もピッキングで開けねえと、扉は開かねえんだよ」

「ええっ？　兄貴、俺ピッキングなんてできないよお」

ケンはとたんに弱気になった。しかし兄貴は励ますように言った。

「大丈夫だ。俺の指示通りにやれば、ケンでもちゃんとできる。そこにある、先の曲がった二本の針金を使うんだ。まず、長い針金を鍵穴の下の方から、短い針金を上の方から差し込んでみろ」

「いてえ、針金で手をひっかいちゃったよ」

「もう、相変わらずケンはそそっかしいな……」兄貴は顔をしかめながらも指示を出す。

「針金を二本入れたら、まずは長い針金を下に向かって突っ込んでいって、引っかかるような感触があったら右にひねるんだ。次に、短い針金を……」

　辛抱強く指示を出し続けた結果、約一時間後、ようやく鍵が開いた。

「おっ、開いたよ兄貴！」

「でかしたぞケン！」

　ケンが、金庫室の重い扉を開く。そして、扉の外にいたケンと、扉の中から指示を出していた兄貴が顔を合わせた。

　すぐにケンが、兄貴の両手に手錠をかけた。

「おい、ケン、見逃してくれよお」

　兄貴が不満そうに口を尖らせた。それに対し、ケンはため息をついて言った。

「見逃せるわけないだろ。兄貴、いいかげん足洗ってくれよ」

「うるせえぞケン。偉そうに説教するな。俺の弟のくせに刑事なんかになりやがって」

「そんな弟に『忍び込んだ金庫室に閉じこめられたから助けてくれ』って、泣きながら電話してきたのはどこのどいつだよ。まったく、相変わらず兄貴はそそっかしいな」

「くそっ、お前に言われたくねえよ。あ〜あ、またムショ暮らしか」

エッセイ　若手芸人通の報告

以前この連載にも登場した、なじみの後輩芸人、正岡チキンと久々に会う機会があり、彼から若手お笑いライブシーンの最新情報を入手しました。特に気になったピン芸人を二人ご紹介するので、皆様もよかったらチェックしてみてください。

●昆虫飼育芸人「インセクターひろき」

根っからの昆虫好きの芸人、インセクターひろきは、カブトムシやクワガタムシなどを飼育し、それらにまつわる漫談やコントを長らくやってきたそうですが、今や星の数ほどいる若手芸人の中には、同じくカブトムシ、クワガタムシ好きの芸人が何人もいるそうで、キャラがかぶってしまっていたのだそうです。

そこでインセクターひろきは賭けに出ました。今のところライバルが皆無だと確認された、ゴキブリに目を付けたのです。彼は自宅アパートの部屋で、ゴキブリを虫かごに入れて飼育し、その観察日記をスケッチブックに書いて漫談形式で紹介するというネタに取り組み始めました。また、今までカブトムシやクワガタムシを紹介していたＹｏｕ

Ｔｕｂｅチャンネルでも、ゴキブリの様子を紹介するようになりました。

現時点で、彼のゴキブリ漫談はお客さんに大不評。ライブではほぼ毎回、若い女性客から悲鳴が起こり、十人以上のお客さんの手が挙がった時点でネタを強制終了させられるというルールのライブで、開始三十秒で強制終了になったそうです。ＹｏｕＴｕｂｅチャンネルも、私がチェックを始めてから二週間ほどで、登録者数が約三十人減、さらに「マジでゴキブリ見たくないです」といったコメントも多数届いています。それでもインセクターひろきは「まだ誰もやっていないことを続ければ、いつか仕事につながるはずだ。ピンチはチャンスだ」と、ゴキブリ漫談を当面続ける方針だということです。日本一難しい売れ方に挑むチャレンジャーの今後を応援せずにはいられません。

●現役風俗嬢芸人「あやか嬢」
女性ピン芸人のあやか嬢は、現役でデリヘル嬢をしているのですが、お笑い好きが高じて、趣味でお笑いライブに出るようになったのだそうです。

風俗嬢としての体験談をフリップ漫談で披露するという、先述のインセクターひろきや新人時代の私と同様の芸風なのですが、これがほぼ毎回大ウケ。しかも客席以上に、舞台袖に集まった男芸人たちからは拍手笑いまで起きているのだそうです。

あやか嬢は事務所にも所属せず、完全に趣味でお笑いをやっているので、売れたいとかテレビに出たいとかいう気持ちは皆無。誰に配慮することもない、フルスイングの下ネタを毎回お届けしているそうです。いや、下ネタというのも語弊があるでしょう。風俗嬢のありのままのお仕事日記であり、それがそのまま大ウケするという、お笑い芸人なら誰もがうらやむ究極の境地の漫談です。

私も、劇場の客席の後ろからあやか嬢のネタを撮った動画を、正岡チキンに見せてもらいました。お腹がよじれるほど笑いましたが、この『TVトピック』誌上ではお伝えできる内容がほとんどないのが残念です。ただ、概要だけ紹介すると、「男子高校生と女教師」というシチュエーションの自作の台本を持参して、「この通りの台詞を言ってプレイしてほしい」とリクエストしてきた中年男性客の話は、私にとっても驚天動地の内容でした。女性が多いお笑いライブの客席は「そんな男が実在するのか」という悲鳴まじりの大爆笑で包まれていました。

面白さはピカイチですが、おそらく今後も、あやか嬢を地上波で見る機会はないでしょう。（YouTubeチャンネルも一度作ったそうですが、過激すぎたせいかチャンネルごと消されてしまったそうです。）テレビ雑誌で書くのもなんですが、テレビでは絶対に見られないお笑いを見るために、ぜひとも劇場に足をお運びください。

さて、正岡チキンにオススメされた二人の芸人を紹介しましたが、そもそも正岡チキンのことをちゃんと説明していませんでしたので、最後に紹介したいと思います。

　おそらく、私が今まで最も多額のご飯をおごっている後輩芸人が、正岡チキンです。昔、彼からバリカンを借りて坊主にしたというエッセイを前に書きましたが、彼は私と初対面の時からすでに坊主頭でした。彼が「国語の教科書に載っている正岡子規の横顔のモノマネ」という、たぶん坊主頭のお笑い芸人が今まで百人以上思いついたであろうモノマネのために、芸名まで変えてしまった時はさすがに驚きました。彼はその後も、正岡子規のモノマネでお客さんの若干の笑いを得るつかみを披露した後、ギャグや漫談を披露する芸風に磨きをかけ、Ｐ－１グランプリで六年連続二回戦敗退という華々しい戦績を残しています。

　ちなみに、芸名とは裏腹にチキンはさほど好きではなく、牛と豚の焼き肉が大好きです。最近は太ってきて、もう正岡子規にもあまり似ておらず、さすがに本業に影響が出てはいけないと、ダイエットのために原付バイクでの移動を自転車に変えて、少しでもカロリー消費を試みているようです。

　……と、ここまで書いて気付きました。どう見ても正岡チキンのキャラが一番弱いですね。みなさん、「インセクターひろき」と「あやか嬢」のチェックをよろしくお願いします。最悪、正岡チキンは忘れてもらって結構です。

ショートショート

てる子が漫談いたします

はいどうも〜、よろしくお願いします。「てる子・健二」のてる子です。ああ、すいませんね、今日は一人なんですよ。……なんて言われても、今日初めて私を見るお客さんには何のこっちゃ分からないですよね。ごめんなさいね。

自己紹介しますと、私普段は、てる子・健二っていう夫婦（めおと）漫才のコンビで、こうやって寄席（よせ）の舞台に立ってるんですけど、ゆうべちょっと、旦那の健二が風邪で寝込んじゃいましてね。だから今日は一人で、ピンネタをやらせていただきます。……ああ、パラパラとまばらな拍手をありがとうございます。

昔は私、女同士で漫才してたんですけど、そのコンビを解散したあと男女コンビを組みまして、その相方の健二と三十三歳で結婚してから、アラフォーの今に至るまで夫婦漫才をやってるんですね。後輩の女芸人からはよく言われるんですよ。「夫婦漫才って、愛する人と好きなお仕事ができて幸せですよね」って。ええ、たしかに幸せでしょうね、夫が愛する人だったら……って、ここで普段は健二の「俺のこと愛してないのかよっ」っていうツッコミが入るんですけど、いないとただの愚痴になっちゃいますね。

今日はせっかくなんで、こんなのを作ってきました。「うちの夫の紹介」というフリップネタをやらせてもらいます。よろしくお願いしま〜す。……ああ、さっき以上にまばらな拍手をありがとうございます。じゃ、これはここに置いて……あ、今ドンって音がしちゃいましたけど、このバッグは後で使いますんでね。

それでは行きましょう。うちの夫、健二のご紹介。まずはこちら。

『食べ物はろくに噛まないけど、漫才の台詞はよく噛む』

いや〜、本当に健二は、結婚以来どんどん太っちゃいましてね。これ以上太らないように、食事の時に「もっとよく噛んで」ってお願いしたら、食べ物じゃなくて台詞を噛むようになっちゃったんですね。寄席の常連のお客さんならよくご存じだと思うんですけど……あ、そちらの方、うんうんってうなずいてくれてますね。

よく漫才の最初に「顔と名前だけでも覚えて帰ってください」って言いますけど、健二はこの前、あの台詞を「顔だけになっても覚えて帰ってください」なんて噛んじゃったんですね。「顔だけになっても」って、お前は顔だけ取れんのかって話でね。アンパンマンかっつうの。アラレちゃんかっつうの。……あ、今アラレちゃんで笑った人は、年がアラフォー以上ってバレましたからね。さて、続いてはこちら。

『先輩の遊びの誘いは断らないけど、先輩のライブの手伝いは断る』

健二はよく先輩芸人から、昼間は草野球やフットサル、夜は飲み会やキャバクラと、いろんな遊びに誘われるんですけど、そういう誘いは絶対に断らないんです。でも、先輩の単独ライブの手伝いとかは面倒だから、仮病を使ったり親戚が死んだことにしたり、あらゆる手段で断るんですね。五年前に死んだおじいちゃんが、まだ年に二、三回のペースで死にますからね。さて、続いてはこちら。

『売れて伝説の芸人になりたいとか言ってるけど、ネタは全部私に作らせる』

ね～、他力本願の極みでしょ。伝説ってだいたい自分で作るもんでしょ。人が作った伝説を自分でやったみたいに言うのって、ゼルダの伝説ぐらいのもんですからね。あれゼルダ姫じゃなくてリンクが主役ですから……って、ご年配のお客さんがぽかんとしちゃうようなこと言ってすみませんね。あと、こういうのもありますね。

『ネタの稽古はサボるけど、野球やフットサルの練習はサボらない』

私がネタを作っても、健二はネタの稽古より遊びを優先しちゃうんですね。それで私が、いい加減に稽古してよって言うと、このようになっちゃうんですね。

『私のことをバットで殴ってバッティング練習をする』

野球場に行かずに家にいても、ちゃんと草野球の練習をするんですから立派ですよ。こういうのをテレワークっていうんでしたっけ？　あと、こういうのもありますね。

『倒れた私をさらに蹴ってフットサルの練習をする』

野球の後すぐフットサルの練習ですよ。こういうのをダブルワークっていうんでしたっけ？　まず私をバットで殴って、倒れたところを今度は足で思いっきり蹴るんですね。本当に練習熱心ですよ。その熱心さを少しでもお笑いに向けてくれればねえ。

あれ、おかしいな。お客さんみんな引いちゃってますね。もっと笑っていいんですよ、うちの夫婦のＤＶ漫談。あはは、あははは……だめだ、誘い笑いも効果なしですね。

でも、こんな私の漫談も、これが最初で最後ですからね。「健二がゆうべ、風邪で寝込んじゃったから今日は休み」って、最初に説明したと思うんですけど、ごめんなさい、ちょっと説明不足でした。ちゃんと説明しますね。

健二が風邪で寝込んだのは事実で、私はちゃんと看病してたんですけど、治りかけたゆうべになって、健二が急に「俺が寝てるのに足音がドタドタうるさいんだよ」って、私の足を思い切り蹴飛ばしてきたんです。それで私、堪忍袋の緒が切れちゃいましてね。うちのアパートは狭いもんですから、健二が寝てる布団から何歩か歩くだけで、もう台所なんですよ。もっと広い家に住んでたら、包丁を取って戻るまでに冷静になれたかもしれませんけど、狭いとねえ……。

残念ながら私たちは、実力じゃ全然売れませんでした。テレビなんて一度も出られなかったんでね。最後はこんなことでもして出てやろうって、つい思っちゃったんです。お客さんもスタッフさんも、このあと出番だった先輩方も師匠方も、本当にごめんなさいね。今日はもう出番なしです。

それじゃ、みなさんずっと気になってたと思いますけど、私がフリップをめくる前から足下に置いてたこのバッグ。こちらを開けてみますと……。

じゃ～ん！　中身がなんと、健二でした～。

さあみなさん、盛大な拍手を……って、ダメだ、悲鳴しか上がらないか。でもこれ、大変だったんですよ、包丁一本で切るの。人間の骨ってすごく硬くて、体重を乗せてもすぐ刃こぼれしちゃって、切り口もこんなギザギザ……って、ああ、断面見せたらお客さん吐いちゃいましたね。ちなみに首から下は、今もうちのユニットバスにあります。冬だからまだ腐ってはいないでしょうけど、大家さんにも申し訳ないなあ。

ねえ健二、見える？　目はぱっちり開いてるから見えるよね？　ほら、今日のお客さん、まあ笑ってはくれてないけど、一生あなたのことを覚えてくれるはずだよ。これぞまさに、前にあなたが言ってた「顔だけになっても覚えて帰ってください」ってやつだよね。あれは見事に実現したよ。よかったね～。

これで私たち、全部のテレビ局に出られるよ。まあバラエティじゃなくて報道番組にはなっちゃうけど。でも健二、いつも言ってたもんね。伝説の芸人になりたいって。夢が叶ったよ～。てる子・健二は、永遠に語り継がれる伝説になったからね。……あっ、照明消されちゃった。じゃ、ありがとうございました。これ持って警察行きま～す。

ショートショート　二十二歳人当たりよし

女「すみません、面接に来た者ですが」
男「ああ、どうぞどうぞ、おかけください」
女「よろしくお願いします。あ、これ履歴書です」
男「はいはいどうも……なるほど、二十二歳でフリーターの方ですね。ところで、この募集はどこで知りましたか？」
女「えっと、求人サイトの『シティワークネット』だったと思います。『誰にでもできる簡単なお仕事です』って書いてあったんですけど、私でも大丈夫ですか？」
男「ええ、人当たりがよくて、人前でちゃんと受け答えできる人なら大丈夫です」
女「あ、私、コンビニで三年働いてたんで、それなら自信あります」
男「コンビニやってたんですか。じゃ、この仕事も大丈夫ですよ。我々が作ったマニュアルに従ってくれればＯＫですから、そういう意味ではコンビニと一緒です」
女「でも、何か資格とかっていらないんですか？」
男「必要ありませんよ。まあ、昔はこの仕事も希望者が多くて、応募資格とか年齢制限とか色々あったんですけど、やっぱりストレスが多いですからね。誰でもできるし、誰がやっても同じ仕事なのに、そのうち誰もやりたがらなくなっちゃって……。だから今は規定も変わって、成人してれば誰でもＯＫになったんですよ」
女「そうなんですね。あ、あと『経験者優遇』とも書いてありましたけど……」
男「えっ、もしかしてあなた、この職種の経験者の方ですか？」
女「いえ、私は未経験なんですけど、実は私の父が、以前この仕事をやってたんです。といっても、父も半年ぐらいで辞めちゃったんですけど」
男「半年ですか？　いやいや、それだけ続けば相当長いほうですよ。それに、家族がやってたっていう理由でこの仕事選ぶ人は、昔から多いですからね。あなたも素質があるんじゃないかな」
女「ああ、ありがとうございます……。あ、そういえば、『寮完備』とも書いてあったんですけど、どんな寮ですか？」
男「まあ、築年数はかなり経ってる、いわゆるリノベ物件ですけど、駅も近いし、一人で住むには十分な広さですよ。セキュリティもばっちりで、若い女性でも安心です」
女「あと『交通費支給』とも書いてありましたけど、全額支給されるんですか？」
男「交通費に関してはね……ここだけの話、交通機関を全然使わなくても、毎月規定の額がもらえるんですよ」

女「えっ、本当ですか？　じゃ、たとえば電車通勤だって言って、本当は自転車で来ちゃったりしてもいいんですか？」
男「あはは、そんなことする必要はありませんよ。こっちで必要に応じて、ハイヤーだろうが飛行機だろうが手配するんで」
女「え〜、すごい。超おいしい仕事じゃないですか！」
男「そう。給料もいいし、正直かなりおいしい仕事なんですよ。でも、やっぱりストレスが多いし、拘束時間も結構長いから、前の人もその前の人も、一ヶ月も持たずに辞めちゃって、長期で働ける人を探してるんですよ」
女「私、体力にはまあまあ自信ありますし、長期でできるバイトを探してたんです」
男「本当？　頼もしいなあ。正直、先月から募集かけてるのに応募してきたのはあなただけだからね。女性も今まで何人かいたけど、あなたは歴代最年少ってことになるから、ウケもいいだろうし、人当たりもいいし……よし、もうあなたに決めちゃおう！」
女「本当ですか？　ありがとうございます。一生懸命働きます！」
男「まあ、そんなに一生懸命じゃなくても、マニュアル通りやってくれればいいから。そうだ、忘れないうちに名刺渡しておきますね。私、内閣府のこういう者です」
——こうして、第８３７代内閣総理大臣が決定した。

ショートショート　まりえちゃんをね捕まえたんだ

かわいらしいネズミたちのドールハウスを、まりえちゃんはじっと見ていました。

それは、まりえちゃんのクラスメイトも大好きな「ジルベニアファミリー」のドールハウスです。学校から帰った時に、まりえちゃんのマンションのゴミおき場においてあったのですが、捨てるにはもったいないほどきれいだったので、まりえちゃんはつい持って帰ってしまったのでした。まりえちゃんはふだんは、学校帰りにマンションのゴミおき場をのぞいたりはしないいし、ましてゴミを持ち帰ったことなんて一度もなかったのですが、なぜか今日にかぎって、ゴミおき場からだれかに呼ばれているような気がして、のぞいてみたのでした。すると、このドールハウスが捨ててあったのです。

まりえちゃんのお父さんもお母さんも、まだ会社にいる時間です。おもちゃ屋さんで何回かおねだりしたけど買ってもらえなかったジルベニアファミリー。あこがれのドールハウスが今、目の前にあるのです。

「ネズミさんたち、こんにちは」

まりえちゃんは、ドールハウスの中のネズミの家族に、笑顔で話しかけました。

すると、へんじがかえってきました。

「こんにちは」

「えっ？」

まりえちゃんはびっくりしました。まさかへんじがかえってくるとは思いませんでした。小学二年生にもなれば、ドールハウスのお人形が、ふつうはしゃべったりしないことぐらいは分かります。

目をまん丸くしたまりえちゃんに、ネズミたちはさらに話しかけてきました。

「まりえちゃんもこっちに来たい？」

「私たちといっしょに遊ぼうよ」

その言葉に合わせて、四ひきのネズミの人形たちが、ぴょんぴょんとジャンプしました。その楽しそうなようすを見て、まりえちゃんも思わずへんじをしました。

「うん、私もそっちに行きたい！」

「じゃ、入れてあげるね」

そんなネズミの声が聞こえてすぐ、まりえちゃんの目の前がまっくらになりました。

目をさますと、さっきまでまりえちゃんの手のひらにのるほどだったネズミの家族が、まりえちゃんと同じくらいの大きさになって、目の前に立っていました。よく見ると、まわりのようすも、まりえちゃんのマンションのへやとはぜんぜんちがいます。

そう。まりえちゃんは、ドールハウスの中に入っていたのでした。

「えっ……あれっ？」

こんらんするまりえちゃんに、ネズミの家族がせつめいします。

「まりえちゃんも、私たちの家族になったんだよ」

「このドールハウスで、ずっといっしょにくらそうね」

「えっ、ちょっと待って。私、みんなと同じ大きさになっちゃったの？」

まりえちゃんがたずねると、ネズミたちはドールハウスの外をゆびさしました。

「そうだよ。ほら、向こうを見てごらん」

「えっ……うそっ？」

まりえちゃんは、ドールハウスのまどの外を見ておどろきました。テーブルの上のテレビのリモコンが、今のまりえちゃんにとってはシーソーぐらいの大きさになっていて、お父さんのタバコの箱も、まるでソファのように大きく見えます。どちらも、ついさっきまでのまりえちゃんが、かた手で持てる大きさだったはずなのに。

「私、本当に、ちっちゃくなっちゃったんだ……」

まりえちゃんがふるえる声でつぶやくと、ネズミの姉妹が言いました。

「そうだよ、まりえちゃんはこれからずっと、私たちとこのおうちでくらすの」

「ず〜っと、しぬまでいっしょだよ」

「しぬまで、いっしょ?」まりえちゃんは目を丸くして聞きかえしました。「じゃあ、もう私は、もとの人間にはもどれないの?」

「うん、そうだよ。もう一生、人間にはもどれないんだよ」

ネズミのお母さんがうなずきました。さらにネズミの姉妹もつづけて言います。

「まりえちゃんは、しぬまで人形のままなんだよ」

「人間のお父さんとも、お母さんとも、お友だちとも、もうずっとおわかれだよ」

「私たちがね、まりえちゃんをね、捕まえたんだ」

「だから私たちは、ず〜っといっしょ」

「ず〜っといっしょ」

「あははははは!」

「あはははははは!」

ネズミたちは、くるったように笑いだしました。

そう、このジルベニアファミリーの家は、人よんでのろいのドールハウス。子どもを人形の世界にひきずりこむ、おもちゃのふりをしたおそろしい化けものだったのです。

人間にもどれないことにショックをうけたまりえちゃんは、「やだ! やめて! いやああぁっ」と泣きさけんで、恐怖のあまりさくらんする……というてんかいを、ネズミたちは予想していたのですが——。

「よっしゃああ！　もうあの親とおさらばできるのか！　やったぜえっ！」

まりえちゃんはガッツポーズをしました。ネズミたちはとまどいます。

「えっ……？」

「あの……こわがらないの？」

「もう人間やめられるんでしょ？　やったあ！　さいこうなんだけど！」

まりえちゃんは目をかがやかせて語りました。

「私、まい日まい日、山ほど習いごとさせられて自由がなくて、もうこんな生活いやだって思ってたの！　お父さんとお母さんはケンカばっかりだし、お父さんは私の前でも平気でタバコすってふくりゅうえんがくさいし、お母さんは会社の上司とふりんしてるし、二人ともはらいせにしょっちゅう私をたたくし、この家で生きるのにうんざりしてたの。ずっとここでネズミさんとくらせるなら、そっちの方がよっぽどいいや！」

「えっ……」

とまどうネズミたちにはおかまいなしに、まりえちゃんは、はしゃいで言いました。

「さあ、これからは毎日遊べるんだよね？　うれしいなあ。何して遊ぼっか」

「あ、いや、あの……」

今まで、何百人もの子どもをターゲットにしてきたネズミたちにとっても、はじめてのリアクションでした。今までの子どもたちはみんな「もう一生、人間にもどれない」「しぬまで人形のまま」的なパワーワードを告げて、「あははははは！」とくるったように笑ってやれば、それだけで大泣きして気を失ってくれたのです。で、目がさめた時には元にもどっている、というのが毎回お決まりのパターンなのです。

このネズミたちは、本当に人間を小さくできるわけではなく、ただ子どもを一時的に気ぜつさせ、ドールハウスの中にとじこめられる悪夢を見せることしかできないのです。夢の中で気を失った子どもが、はっと目をさますと、元の世界にもどっている。子どもは親に、今おきたできごとを説明するものの、しんじてもらえない。それでも、もうこのドールハウスでは遊ばなくなり、やがて親がドールハウスをゴミに出したり、リサイクルショップに売ったりする。そこで、ネズミたちは近くをとおる子どもの心にささそいをかけ、その子どもがこのドールハウスをほしくなり、新たなターゲットになる――というパターンをくりかえしてきたのです。だから、まりえちゃんもそろそろきょうふを感じてくれないとこまるのです。なのに、泣くどころかよろこぶしまつ。

「いや、まりえちゃん、きみは人形になっちゃったんだよ。もう人間にもどれないんだよ。ほら、こわいよね？」

ネズミのお父さんがねんをおしましたが、まりえちゃんはへいぜんと答えます。

「人間にもどる方がよっぽどこわいもん。ねえ、ずっとここにいられるんでしょ？」

「いや、あの……」

ネズミたちはまよったすえに、とうとう正直に言ってしまいました。

「あの、それはちょっとむりで、目がさめると元にもどっちゃうんだけど……」

「もうネタバレしちゃうけどね。これはぜんぶ、まりえちゃんが見てる夢なの」

「私たちは、のろいのドールハウスっていうことで、こんなかんじで子どもにこわい夢を見させる活動をしてきたんだけど……まあ、ここまではっきりネタばらししちゃうのは、まりえちゃんがはじめてなんだけど……」

「はあ？　ざけんじゃねえぞこらあっ！」

まりえちゃんがとつぜん、大声でさけびました。ネズミたちは思わず息をのみます。

「てめえら、遊びでやってんじゃねえよ！　のろいをかけられるっていうんなら、本当に人間を一人けすぐらいやってみろってんだクソったれがよおっ！」

まりえちゃんのけんまくに、ネズミたちは言葉を失います。

「てめえらがいやって言っても、私はずっとここにいすわってやるよ！　かくごしろよてめえら！　よし、じゃさっそく遊ぶぞ」

まりえちゃんはそう言って、ネズミの姉妹の姉のむなぐらをつかみました。

「ほら、まずは空手で遊んでやるよ。ちょうど私、まいしゅう土よう日に習わされてるからな。お前に正けんづきを食らわせて、その出っ歯をこなごなにしてやるから、いい声でなけよ。おらああっ！」

まりえちゃんは何のためらいもなく、ネズミの前歯をこぶしでたたきわりました。

「ぎゃああっ、夢の中とはいえ、なんてやばんな子どもだ！」

「こんなおそろしい子ははじめてだ。私たちの手におえない！」

「おらおら、まだお楽しみはこれからだろうが！　次はこのイスでてめえの頭かちわって、のうみそすすってやらあ！」

「だめだ！　もう夢をきょうせい終了させよう。それしかない！」

「たのむ、夢からさめたら、もうむちゃなことはしないでくれ……」


まりえちゃんは、ぱっと目をさましました。

すると目の前には、あこがれのジルベニアファミリーのドールハウスがありました。

何か夢を見ていた気がするけど、何も思い出せない。ただ、このドールハウスからは、とても不吉なものを感じる。だから、元あったマンションのゴミおきばにもどしてこよう。まりえちゃんはそう思って、ドールハウスを持って外に出る……というてんかいになってくれるように、ネズミたちはいのっていたのですが。

まりえちゃんは、ドールハウスをりょう手で持ち上げ、ゆかに思いきりたたきつけました。そして、スリッパをはいた両足でがんがんふみつけ、近くにあったイスでさらにふみつけ、ぐっしゃぐしゃにはかいしました。

「ぎゃあああっ」

「夢からさめても、おそろしいままだったあああ！」

泣きさけぶネズミたちに、まりえちゃんはわらいながらこたえます。

「当たり前だろ。私一人もけせないような、しょぼいのろいの人形は、ストレスかい消でぶっこわされるのがおにあいだ！　しにさらせ、うすぎたねえネズミども！」

まりえちゃんは、ぐしゃぐしゃのがれきの山になったドールハウスから、ネズミたちを一匹ずつ引きずり出し、カッターナイフで切りきざんでいきました。

「ぎゃあああっ」

「いたい、いたいよおおっ！」

「のろいのドールハウスを長年やってきたのに、まさかここでほろぼされるとは！」

「私たちいじょうに、本当におそろしいのは人間だったんだ。うぎゃあああっ！」

こうして、本来なら「のろいのドールハウスを次に手に入れるのは、あなたかもしれません」的なオチになるはずだったのに、心のすさんだ一人の少女によって、ドールハウスははかいされ、ネズミたちは切りきざまれてぼろくずにされ、二度と子どもたちをこわがらせることはなかったとさ。めでたしめでたし。

エッセイ　会いたくてもクリスマスイブ

今から何年も前の、クリスマスイブの話です。

私は当時、まったく無名の芸人でしたが、サラリーマンの彼氏と付き合っていました。彼と初めて迎えるクリスマスイブは土曜日でした。恋人同士がイブの夜を一緒に過ごすには絶好の曜日ですが、そんな休日は芸人にとってかき入れ時でもあります。

まさにそのイブも、福島県にある大きなショッピングセンターで、同じ事務所の芸人数組でネタをやる営業が入っていました。昼と夜の二回ステージがあり、ホテルに一泊して帰るという、若手芸人にとっては大きな仕事です。当時の私は、ちゃんとギャラがもらえる仕事なんて月に一回あればいい方で、芸人として事務所に所属してはいるものの実質フリーターでしたから、そんな大きな仕事を断るなんていう選択肢はありません。

「どんなに会いたくても、クリスマスイブは仕事が入ってるからしょうがないね」と彼と話し合って、泣く泣くイブの夜はあきらめて、翌週の彼の仕事納め以降にデートしようということになっていました。

そして迎えた、そのクリスマスイブの営業。福島のお客さんは温かくて、ネタはウケました。で、夜のステージが予定時間より若干早めに終わりました。

そこから歩いて行けるホテルでみんなで一泊して、翌日に帰京する段取りだったのですが、私はふと思いました。今から急げば、今日中に帰れるのではないか――。

すぐにスマホの乗り換え検索アプリで調べてみました。でも、翌日の朝に着くという検索結果だったので、一回あきらめかけました。ただ、その結果をよく見ると、乗り換えに三十分以上かかっている駅があるのに気付きました。

私はピンときました。そして、そのアプリの設定の「歩くスピード」を「普通」から「速い」にして、改めて検索してみました。こうすると時々、さらに早く着ける乗り換え方法が出ることがあるのです。

私の読みは当たりました。終電で帰京できる方法が一つだけ出てきました。特急に乗るため追加料金がかかりますが、これならイブの夜を彼氏と過ごせます。

すぐに私は「すみません、今夜彼氏と過ごしたいんで帰ります」とマネージャーに申し出ました。先輩を含めて他の芸人たちには笑われ「ヒュ～」とはやし立てられもしましたが、仕事はすでに終わっていて、誰に迷惑をかけるわけでもないので、マネージャーは了承してくれました。本当は「私の宿泊代が浮いたと思うんで、そのお金をギャラと一緒にもらえませんか?」なんて交渉もしたかったのですが、ここで時間を使っている暇はありません。私は「ありがとうございます！　それではみなさん、また東京でお会いしましょう」と言い残し、最寄り駅まで走りました。幸い、営業の会場は駅前のショッピングセンターだったので、駅までは難なく着き、目的の電車に乗ることができました。私は電車の中で、その後の乗り換えを入念に確認しました。

最大の関門は、歩くスピードを「速い」にした結果アプリで出てきた、乗り換え時間が二分の駅でした。その乗り換えに失敗したら、もう終電に間に合わないことは確定で、もちろん宿のあてもありません。下手したら野宿です。まあ芸人というのは、こういう時に失敗しても、今後のトークのネタにできるのではないかと頭の片隅で考えてはいるのですが、それにしても真冬の野宿は絶対に避けたい、というか凍死してしまっては「今後のトーク」なんて機会もなくなってしまいます。ネタにならなくてもいいから、絶対に間に合いたい。彼とイブを過ごしたい。私はその一心で、その最大の関門の駅の構内図をスマホで入念にチェックし、頭に叩き込みました。途中でスマホのバッテリーが切れてしまいましたが、その時にはすでに駅の構造と、その後の乗り換えルートまで暗記していました。さらに、その駅の二つ前から、電車内でアキレス腱を伸ばしたりして準備運動を始めました。周りの乗客から変な目で見られても気にしません。

例の駅に到着すると、私は次に乗る電車のホームまで全力で走りました。その結果、見事に間に合いました。というか、実は次に乗る電車が二分ほど遅れていたので、そこまで走らなくても別に間に合ったぐらいの感じでした。

最大の関門を越え、私は上りの特急の終電に乗りました。座ってゆっくり寝られそうでしたが、終電だから乗り越したら終わりです。眠気を抑えるため、金剛力士像ばりに顔の筋肉に力を入れて目を見開き続けました。

そして、その後の乗り換えにも無事成功し、ついに彼の家の最寄り駅に到着。しかし自動改札で、予想外のアクシデントが発生しました。PASMOの残金不足です。

いつもPASMOにも財布にもギリギリの額しか入れていなかった貧乏芸人が、本来予定になかった特急に乗ってしまったため、財布の中のお金を足しても、残金があと四百円弱足りなくなっていたのです。スマホのバッテリーも電車内で切れてしまったので、彼氏に電話をかけることもできません。私は一か八か、通りすがりの優しそうな中年女性に声をかけました。

「すいません、四百円貸してもらえませんか」

事情を説明すると、その女性はにっこり笑って五百円玉を差し出してくれました。

「いい話を聞かせてもらったわ。これ、私からのクリスマスプレゼント」

「いえいえ、後で必ずお返ししますから、できたら連絡先を……」

「いいのいいの、五百円ぐらい。それじゃ、彼氏とお幸せにね」

女性は颯爽と去って行きました。私は「ありがとうございます！」と何度も頭を下げて見送ってから、精算を済ませて改札を出ました。

外は雨が降っていました。傘を買うには、五百円をもらって四百円弱の精算をした残金百円少々ではとても足りません。それでも私は、高揚感を覚えながら彼氏の部屋まで走りました。スマホのバッテリーが切れていたのもむしろよかった。事前に連絡もせず、突然彼の部屋のドアを開けて「来ちゃった」と言えば、聖夜の最高のサプライズプレゼントになるはず――。私は意気揚々と、合鍵で彼の部屋の玄関ドアを開けました。

すると彼は、ベッドで知らない女と寝ていました。

みなさん、浮気は絶対にやめましょう。

それにしてもあの日、お金が足りなくなって本当によかったです。もしお金があったら、あの雨の降り具合からして、私は彼の部屋に行くまでに傘を買っていたでしょう。あの時の私の片手に、先の尖った傘があったら……傷害罪で済めばまだいい方だったでしょう。

でも、こんな最悪の思い出も、今ではエッセイのネタになっているのですから、芸人というのは本当にいい仕事ですね。……と、その後の壮絶な修羅場については割愛して、多少強引に締めてみました。

リサとガールズトーク

リサ、久しぶり〜。この前一緒に食べたお肉、美味しかったよね〜。また一緒に食べたいね〜。

そういえばさあ、ちょっと聞いてよ。今ね、うちらのところに男が転がり込んできてんの〜。タケルっていうんだけど、めっちゃ低姿勢で超へりくだって、お腹減って何も食べる物がないんですとか言って、ここに置いてくださいって必死にアピールしてんの。でも、あんまりしつこいからさあ、ユキ先輩とかマリさんにビンタとかされてんだよ。マジ情けないよねえ。あいつこれからどうすんのかな。まあ、あの手の男なんてみんな情けないけどさ。

リサ久しぶり〜。元気してた？　だよねえ、毎日マジ暑いよね〜。

あ、そういえば、前に話したよね。うちらのグループに来た男、そうそうタケル。あいつさあ、本当にずっとぺこぺこして、ちょっとかわいそうだったし、それに私たちもちょうど、そういう気分になってきたからさあ、させてあげたんだ。……ああ、うん、そうそう、Hをね。

うちら全員で、順番にタケルとHしていったの。タケルは早かったねえ。もう何回か腰振ってすぐ終わり。まあ、男ってみんなそうだけどね。


あ、リサ、久しぶり〜。ねえ、ちょっと聞いてよお。タケルの奴、もう完全にヒモになっちゃったの。マジで全然働かないんだよ。うちらばっかり仕事して、あいつはごろごろ寝てばっかり。なのに、子供押しのけて自分が先にご飯食べるんだよ。超横暴だよ。クソヒモDV男だよ。まあ、たしかに男ってみんなこんなだけどさあ。だからって子供のことはもうちょっと考えてほしいよ。

ああ、子供ってのは、もちろんタケルの子供ね。うん、うちらみんな、タケルの子供を生んだの。私のは男の双子。ジュンとケンって名前にしたんだ。やっぱ子供って可愛いよね。うん、今はもう毎日子供に夢中。

あっ、ジュン、ケン、おいでおいで。ほら、ママのお友達のリサちゃんだよ。挨拶して。……うん、できたできた、いい子いい子〜。ねえ、可愛いでしょ？　よしよ〜し、ジュンもケンもお利口さんだねえ。


あっ、リサ。ねえ聞いて聞いて！　マジ大事件が起きたの！　大変だったよ〜。

あのさあ、タケルが通りすがりの男と喧嘩してさあ、もう大乱闘よ。で、結局タケルが負けて、どっか行っちゃったの。勝った男はリュウジっていうんだけど、やっぱタケルより格好いいね。体も大きいし。

でね……うん、そうそう、リサも知ってるよね。そうなの。リュウジが順番に、うちらの子供を殺していったの。無抵抗の子供の、首の骨をへし折っていったんだよ。ユキ先輩の子供も、マリさんの子供も……うん、もちろん私の息子のジュンとケンも殺された。私の目の前で、思いっ切り首をへし折られて。ボキッ、て音まで聞こえたもん。私母親なのに、何もできなかった……。

ずっと愛情を込めて育ててきたジュンとケンが、目の前でリュウジにあっさり殺されたのを見たらさあ……。私、なんかすっごいムラムラしちゃったの！　うん、すぐリュウジとHした。何回もしたなあ。うん、他の女の子もみんな、子供を殺されてすぐリュウジとHしてたね～。

リサ久しぶり～。ああ、うん、そうなの。この子たち生まれたんだ。リュウジとの子。今度は男の子と女の子で、レイジとモモって名前にしたんだ～。

ところでさあ、この前、テレビっていうのを見て、児童虐待のニュースをやってたの。そこで、人間のおっさんのコメンテーターが言ってたんだよね。「動物でさえ愛情を持って子供を育てられるのに、この母親は動物以下ですよ」みたいなこと。バカだよね～、そんなこと言って、自分の無知がバレるだけだって分からないのかね。

だって私たちライオンって、こんなんだもんね。男は全員、結婚したら全然狩りをしないヒモになって、なのに一夫多妻制で、その夫がいきなり知らない男に喧嘩ふっかけられて負けたら、勝った男に家中の子供が皆殺しにされるんだよ。しかも、我が子が殺されるのを母親は止めもしないで傍観して、そのあとムラムラして、我が子を殺した男と全員が子作りするんだよ。人間に置き換えたら、何個犯罪が入ってるんだって話じゃん。マジ関係者全員逮捕じゃん。インモラルの極みじゃん。うちらの方が人間よりよっぽどヤバいでしょ。

それに、私は会ったことないけど、たしかクマの仲間もこんな感じだっていうでしょ？　男が子供殺すのなんてしょっちゅうらしいもんね。だから人間の虐待のニュースの時に「こんな虐待をするなんて人間とは思えない」とか言うならまだ分かるけど、「動物の方がまし」はさすがに言いすぎだよねえ。まあ、別にどうでもいいんだけどさ、人間のことなんて。前に一回食べたけど、あんまり美味しくなかったし。……うん、そうだよね。やっぱり牛とか馬が美味しいよね～。また一緒にお肉食べたいね。じゃあねリサ、またね～。

よそ者の私とへんな座敷わらし

ええ、椿野村の座敷わらし伝説は、もちろん知ってました。

最初に聞いたのは、白尾さんからです。この地域の長老って呼ばれてる人だから、挨拶しておけってみんなに言われて、引っ越し作業が終わってすぐ挨拶に行ったんです。その時に伝説も聞きました。小柄なお爺さんで、入れ歯も外してたし、相当訛ってたんで、私だけだったら正直ほとんど聞き取れなかったと思いますけど、一緒に来てくれたお隣の松田さんが解説してくれたんで、どうにか理解できました。

座敷わらしは見えても相手をしちゃいけない。直視しちゃいけない。子供の妖怪だから多少イタズラするけど我慢しなきゃいけない。それを守って座敷わらしに気に入られたら幸運を運んでもらえる。――そんな内容でした。ただ、長老も実際に見たことはないって言ってたから、私も正直、話半分で聞いてました。私、そういう話は嫌いじゃないですけど、霊感とかもないし、幽霊も妖怪も全然見たことなかったんで。

だから、座敷わらしが本当にうちに出た時は驚きましたし、嬉しかったんです。まあ、相手をしたり直視しちゃいけないって言われてたんで、気配を感じても振り向かないでおきましたけど、鏡越しにちらっと見たりはしました。おかっぱ頭で和服で、いかにも昔の女の子って感じで、ただ思ってたよりちょっと大きかったです。私の勝手なイメージで、座敷わらしって三、四歳ぐらいの子供だと思ってたんで。

最初は本当に喜んでましたよ。私、ずっと東京で仕事してたんですけど、田舎暮らしへの憧れがずっとあって、ついに今年、思い切って仕事を辞めてこっちに越してきて、自宅兼店舗で古民家カフェを始めたんです。念願の自分の店が、座敷わらしのおかげで繁盛するなら万々歳だって思ってました。

でも、ちょっと困ることも出てきて……。まず最初は、においですね。妖怪って無臭ではないんだな、だとしたら服の洗濯とかもしてないんだろうし、まあしょうがないのかなって思ってたんです。でも、アンモニアみたいな鼻をつく悪臭。あれが残っちゃうのは困ったんですよね。ていうのも、うちの店、豆からこだわったコーヒーを出してまして、その香りもあの悪臭で台無しになっちゃったんですよ。常連になりつつあったお客さんに言われちゃいましたから。「なんか変なにおいするね」って。それ以来、その人はめっきり来なくなっちゃって。小さなカフェで常連さんを一人失うって、その先よっぽどいいことがないと割に合わない損失ですよ。幸運を運んでもらう前に、大きなマイナスを背負わされちゃったんですから。

今思えば、そのあたりからちょっと、座敷わらしにイラッときてたんですよね。

で、もう一つ困ったのが、泥です。いつも座敷わらしが出た後、室内に泥とか砂粒が残っちゃってたんですよ。これも我慢するしかないのかなって思ってたんですけど……それに関してもまた、トラブルが起きちゃったんですね。

うちの店、私の手作りの、黒糖シフォンケーキっていうメニューも出してるんですね。生地に黒糖を使って、上にも黒糖の粒が乗ってるんですけど。その黒糖の粒が落ちたのかと思って、お客さんが畳の上に落ちてた茶色い粒を食べたら、それが泥だったって言って怒り出しちゃったんですよ。

まあここだけの話、落ちた物を食べようとしたなら、私なら恥ずかしくてクレーム言えないですけどね。そんなことは棚に上げて、そのお婆さんは怒ってきました。「それは座敷わらしが残した泥なんです。座敷わらしが入るたびに、あちこちに泥や砂が残っちゃうんです」って正直に言いたかったですけど、こっちも掃除が行き届いてなかったのは事実なんで……結局、そのお婆さんのお代は全部タダにさせられました。

私みたいな東京から来た若者が、村の人にケチをつけてるとも思われたくなかったし、この悩みはずっと一人で抱えてたんです。でも、このままじゃ、幸せを運んでもらう前に、座敷わらしに店をつぶされちゃうんじゃないかとすら思ってました。

で、お店のこと以外にも、困ったことが起きるようになって。

やっぱり身につける物がなくなるっていうのは、気味が悪い以前に、単純に困りますからね。まあ、思ってたより大きめの座敷わらしだから、ちょっとおませというか、そういうのにも興味を持っちゃってるのかなって、なんとか自分を納得させてたんです。ただ、さすがにローテーションに困るぐらいにまでなってたんで、正直その件でもストレスが溜まってたんですね。

そんな中で、今朝の一件がありまして。

布団の中で寝ぼけてる時に、体に走った不快感で、溜まってたイライラも爆発して、ついやっちゃった感じですね。たぶん座敷わらしだろうとは思ったし、こんなことして祟りでもあったら嫌だなって、ちらっと思ったんですけど、それよりも今までの怒りが勝っちゃったんですね。後ろから私の胸辺りに回してきてる腕を取って、布団から起き上がりながら一本背負いで……。ですよね、普通の女性だったらここまではできないでしょうね。でも私、高校まで柔道部で初段も取ってるんで。

まさかこんなことになるなんて……。まあ、死ななくてよかったですけどね。

今考えたら、あの悪臭はおむつだったんですね。ここ最近はおむつしてたって、後で聞きました。泥が落ちてたのも、暗い中を手探りで入ってきたからでしょうね。この辺は家に鍵なんてかけなくていいって聞いてましたけど、かけるべきでしたね。

それにしても、これからどうしましょうかね。できればここに残りたいですけど、なにかと居づらい気もしますし、もしかしたら引っ越さなきゃいけないかもしれませんね。

ただ、次の場所でも、もっと嫌なことが起きたら困るか……。いや、でも、田舎ってどこもこんな感じってわけじゃないですよね？　そうですよね。さすがにこんな事件は珍しいですよねえ。

（毎朝新聞地域面より）

椿野村で「長老」逮捕　座敷わらしを装って侵入と下着窃盗を繰り返した容疑
14日午前4時頃、椿野村松原に住む30代女性宅から「不審者が布団に入ってきた」と110番通報があった。警察官が現場に駆け付けたところ、無職の白尾繁容疑者（94）が被害女性に取り押さえられており、白尾容疑者が犯行を認めたため、住居侵入の容疑で現行犯逮捕した。白尾容疑者は、長年地域の顔役で「長老」と呼ばれていたという。

警察の聴取に対し白尾容疑者は「若い女の家に入りたかった。体に触りたかった」と供述している。また、女性宅では下着がなくなる被害も起きており、白尾容疑者宅から女性用の下着が多数見つかったため、警察は近く窃盗容疑で再逮捕する方針だ。

身長140センチ台と小柄な白尾容疑者は、子供の妖怪である「座敷わらし」の扮装をして深夜の女性宅に侵入するという同様の犯行を、半世紀以上繰り返していたと供述しており、警察は余罪が多数あるとみて捜査を進めている。

エッセイ　暴走族の忍耐力への提言

とある番組の泊まりのロケで、北関東の某県の田舎に行きました。そこで久々に聞きました。夜中に走る暴走族のエンジン音を。

すさまじい騒音が、断続的に延々と続きます。たぶん何十人、何百人という大所帯の暴走族なのでしょう。とてもじゃないけど眠れません。眠れない苛立ちを抑えつつ、旅館のベッドの中でスマホ片手に、このエッセイの原稿を考えています。

でも、ふと冷静になって考えてみたら、彼らはすごいことをしているのです。

今夜の外気温は、文句なしの氷点下。そんな中、彼らはバイクで走っているのです。田舎育ちの私は、家から高校までの距離が十数キロあったので、十六歳になったら原付バイクの免許を取って原付で通学することが校則で認められていて、ご多分に漏れず私もそうしていました。だから、氷点下をバイクで走ることがどれだけ過酷かよく分かります。冬の朝の通学は、とてつもない寒さでした。寒すぎて気を失って転倒事故を起こすんじゃないかと思ったことすら何度かあります。でも、そんな朝の通学時でも、朝日が当たるところに出れば暖かいという救いはあったのです。夜の暴走にはそれすらありません。だから、冬の夜にバイクで暴走する寒さといったら、それはもう尋常ではないはずです。

私は切に思います。そんな極寒に耐えられるだけの忍耐力と体力と根性があれば、たぶん何をやっても成功できるのです。なのに彼らはなぜ、それをバイクでの暴走なんかに使ってしまうのでしょう。

暴走以外の何をやってもいいのです。暴走が唯一の不正解とすら言ってもいいでしょう。学校を辞めて暴走族に入った若者の決まり文句といえば「勉強なんて何の役に立つんだよ」ですが、私に言わせればバイクでの暴走こそ「何の役に立つんだよ」の最たるものです。被災地に支援物資として送る千羽鶴、修学旅行のお土産で買う木刀と並ぶ、世界三大「何の役にも立たないことが確定している物事」です。

大きな音を出したいなら、なにもバイクのエンジンをふかさなくても、バンドの練習をしたっていいのです。楽器を買うための初期費用はそれなりに必要ですが、どの楽器もバイクよりは安いでしょう。全員で楽器を練習して、初めてオリジナル曲を作れた時、バイクで暴走するよりもはるかに大きな充実感を得られるはずです。何より、バイクでの暴走を職業にして多額の報酬を得られる可能性というのは完全なるゼロですが、バンド活動なら、低いとはいえその可能性が生まれるのです。

もちろんお笑いでもいいです。今暴走族として活動しているグループが全員、毎晩集まってネタを作れば、誰かの才能が開花する可能性は十分にあります。一チーム何十人、何百人もいる暴走族なら、現時点で自覚はなくても、実はお笑いの才能を隠し持っている人が何人かはいるはずです。また、バイクでの暴走中に路上で滑ったら最悪死んでしまいますが、お笑いの舞台上でどんなにスベっても死ぬことはありません。そういう面でもオススメです。

毎晩仲間内でネタを見せ合って切磋琢磨していけば、きっと大学お笑いサークルぐらいの相乗効果は生まれるでしょう。そこで生まれた一番自信のあるネタを、エントリー料を払えば出られるお笑い賞レースの一回戦でぶつけてやればいいのです。大学お笑いサークル出身の秀才芸人たちが賞レースで活躍する昨今ですが、学力偏差値とお笑い能力は関係ないのだということを、元暴走族のニューウェーブたちが証明してやればいいのです。そう考えると、暴走族の彼らはまさに才能の宝庫なのです。今後の日本にとって可能性の塊なのです。

――なんて文章をスマホにメモしているうちに、やっと騒音も去り、眠りに就けました。まったくクソガキどもが。暴走族に入るのが格好いいと思ってる時点でセンスないの確定だから、音楽やってもお笑いやっても成功するわけねえんだからな。

ショートショート

愛情力計を妻に

「これが、我が社が開発した『愛情力計リング』だよ」

　大学の理工学部時代の同級生と、久々に飲んだ。今はベンチャー企業の社長をやっている彼が俺に見せてくれたのは、一見何の変哲もない銀色の指輪だった。

「この指輪をはめると、脈拍数や血圧、体温や発汗量などが計測されて、目の前の異性にどれだけ愛情を持ってるかを示す『愛情力指数』がはじき出されるんだ。その数値は、スマホでアプリをダウンロードすれば、リアルタイムで見ることができるんだ」

　彼は指輪を手に、得意げに説明を続けた。

「愛情力指数は100が最高だけど、目の前の相手によっぽど熱烈な恋をしてなければ、90台の数値もまず出ないな。一般の夫婦だと、相手を目の前にした時の数値はだいたい60～40ってところだ。10を下回るようだと相手に嫌悪感を抱いてることになるから、もしお前の奥さんが、この指輪をはめてお前を見た時にそんな数値が出ちゃうと、危機的状況だな。逆にお前の奥さんが、お前以外の男を見て90以上の数値を出したら、その男が奥さんの浮気相手だと考えた方がいいぞ」

その言葉を聞いて、俺は思わずうなった。

妻は若い頃からとても情熱的で、俺との交際が始まったのも、俺の勤める会社に中途採用で入ってきた妻からの猛アタックがきっかけだった。しかし、妻が俺の前に別の男性社員にアタックしていたことも、俺は知っている。また、妻は結婚後も異性に対してずいぶんと開放的で、俺以外の男にも気さくに話しかけるし、露出の多い服も好む。それが若々しさにつながっている部分もあるのだが、浮気の心配は常につきまとっているのだ。

「よかったら買うか？　お前には大学時代に世話になったから、特別に安くしとくぞ」

彼の言葉に、俺は即座に首を縦に振った。決して酒の勢いではなかった。

「わあ、素敵な指輪。ありがとう」

俺はその週の日曜日、愛情力計リングを妻にプレゼントした。喜ぶ妻に怪しまれないよう、さりげなくスマホを見ると、愛情力指数は65だった。ただ、それは指輪をもらった感激も加わった数値だったようで、すぐに60に落ち着いた。

まあ、これでも一般の夫婦としては高い方だ。とりあえず10未満でなくてほっとした。

「ママ～、何もらったの～？」

五歳の息子が妻に駆け寄っていった。その時の数値は90。夫の俺よりも可愛い息子に恋をしているというのなら仕方ない。

「宅配便で～す」

そこに宅配便が来た。応対に出る妻。何気なく画面を見ると……なんと数値が95。

おい。まさか、宅配便の兄ちゃんと、そんな仲になってるというのか——。俺は唖然とした。

「あ、どうも。奥さん、回覧板です」

さらに、隣の家の夫がやってきた。挨拶を交わす妻。再び画面を見ると、なんと92。

嘘だろ？　二人も浮気相手がいるというのか。いや、この様子だと、相手がこの二人だけなのかどうかも怪しいぞ——。


「珍しいね、あなたがついてくるなんて」

こうなったら、妻が何人の男と関係を持っているのか全て見極めてやろうと思い、俺はスーパーへの買い出しに同行した。

「奥さん、毎度ありがとうございます」

スーパーの男性店員に声をかけられ、微笑んで会釈する妻。その時の数値が、95。

「あら、タカヒロ君、背伸びたわねえ」

「あ、こんちはっす」

店内で、近所の家の高校生の息子と出会い、挨拶を交わした時の数値が、97。

「いらっしゃいませ、ポイントカードはお持ちでしょうか？」

レジ打ちの、お世辞にも男前とは言えない太った男性店員を前にしても、90。

「すみません、ちょっとお尋ねしたいんですが、動物病院はどちらでしょう？」

スーパーから出たところで、大型犬を連れたロマンスグレーのおじいさんに道を尋ねられた。その時の数値が、92。

「あら、立派なワンちゃんですねえ」

「ゴールデンレトリバーの、三歳のオスです。今日予防接種を受けに行くんですよ」

そのオス犬の頭を撫でている時も、94――。

いくらなんでも、妻がこの全員と浮気をしていることはありえない。おそらく、情熱的な妻は、どんな異性に対しても、人並み以上に愛情を持って接する体質なのだ。それが若々しさや社交性につながっているのだから、決して悪いことではないのだ。

ただ問題は、妻が今日接触したすべての男（犬含む）の中で、俺への愛情力指数だけが際だって低いことだが。

申し込み手続きをした数日後、僕のアパートの部屋に封書が届きました。

そこには「東堂さやか様争奪やもめの後夫オーディションのお知らせ」という紙が入っていました。やはり応募者が僕一人のはずもなく、多数だったため、オーディションの開催が決まったのでしょう。開催日は、その週末の土曜日でした。僕は同僚に頼んでアルバイトの出勤を代わってもらい、オーディションに行きました。

会場は、都内の高級住宅地に建つ東堂邸でした。きれいな芝生の、サッカー場と見まごうばかりの広い庭に設置された受付の仮設テントには、百人以上の男性が並んでいました。僕にとってはライバルたちです。

僕を含めた応募者は、まず一次審査を受けました。カメラに向かって一分間の自己アピールをするという内容で、東堂家の執事の年配の男性がカメラマンを務めてました。他の応募者の中には「年収が二千万円あります」とか「経営しているIT企業を一生懸命大きくします」なんてアピールしている人が何人もいて、僕は相当分が悪いなと感じていました。僕の番になって「今はフリーターで収入も少ないですが、家事なら精一杯頑張ります」なんてアピールをしてみましたが、他の応募者たちの失笑が聞こえたほどでした。これでは一次審査で敗退だろうと、僕はほぼ確信していました。

ですから、最終審査への進出者として、僕の名前が呼ばれた時はビックリしました。というか、一次審査の次がもう最終審査だということにも驚きました。百人以上の応募者のほとんどが、ぶうぶう不満を言いながら帰っていきました。残されたのは僕を含めてたった三人。僕以外の二人は、短髪で小太りの男性と、細身で長身の男性。二人とも僕より少し年上の、三十代前半ぐらいのようでした。

僕たち三人は、東堂家の大広間に通されました。そこに、さやかさんがいらっしゃいました。事前に写真で見ていた通り、素晴らしい美人で、三十歳ながら亡くなった夫と共にいくつもの会社を経営していただけあって、知的で聡明そうな女性でした。

彼女は、僕らに簡単な挨拶をした後、こう言いました。

「私の後夫になるにあたって、高収入は必要ありません。我が家には十分な財産がありますから、高収入や貯金額をアピールするような人には全員帰ってもらいました」

なるほど、そういうことだったのかと、僕はようやく合点がいきました。アピールできるほどの収入も貯金もなかったことが、結果的に幸いしました。

「私と結婚するとなったら、家事を分担していただきたいです。だから最終審査では、その辺をチェックさせていただきます」

そして出された課題は、料理対決でした。僕を含め三人の応募者は、一階から三階のキッチンをそれぞれ割り振られ、制限時間六十分の間に、料理を作ることになりました。まず各階にキッチンがあることだけでも驚きでしたし、大きな冷蔵庫にはあらゆる食材が、棚にはあらゆる調味料がずらっと並んでいました。自炊とアルバイト先のファミレスでの簡単な調理経験しかない僕ですが、こうなったらやるしかありません。対決開始のブザーとともに、僕は手を洗って料理を始めました。

ところが、料理を始めて二十分ほど経った頃でしょうか。思わぬアクシデントが起きました。僕のキッチンに、四、五歳ぐらいの男の子が入ってきてしまったのです。

「あれ、どしたの~?」

「遊びに来た!」

男の子は元気に答えると、調理器具に興味を持ったらしく、ガスレンジに置いてあったフライパンをジャンプして取ろうとしました。このまま遊ばれては危ないので、僕はとっさに、彼に役割を与えることにしました。

「あ、じゃあさ、これの筋取ってくれない?」

男の子に、サヤエンドウの筋取りを手伝ってもらいました。彼は快く応じてくれました。その間に僕は他の具材を切って、「あ、上手だね、ありがとう~」と男の子をおだてながら、そのサヤエンドウと油揚げの味噌汁を作りました。

大した料理はできませんでしたが、一時間という制限時間で、味噌汁と焼き魚と肉野菜炒めを完成させました。すると、カメラでその様子を見ていたらしい主催者側から、二階のリビングルームに来るようにとのお達しがありました。

リビングには、ライバルである二人の男性も来ていました。三人が集まったところで、一人一人の料理が運ばれてきました。細身の男性の料理は、僕と同程度の腕前のようでしたが、小太りの男性の料理を見て驚きました。テレビで見る高級レストランのような料理が出来上がっていたのです。聞くと、彼はイタリア料理店のコックさんだということでした。ああ、これはもう負けが決定だと、僕は逆に清々しいぐらいでした。

ところが、その最終審査を勝ち抜いたのは、僕だったのです。

「どうしてですか！」

コックの男性は、結果発表で僕の名前が呼ばれた瞬間に怒りました。僕も正直、本当に自分が優勝なのか、名前を呼び間違えたんじゃないかと耳を疑っていました。

しかし、東堂さやかさんは言いました。

「最終審査で見ていたのは、あなたたちの料理の腕ではありません。だって実際の我が家では、料理は専属の料理人が作ってくれるのですから。――私が本当に見たかったのは、子供と上手に遊んでくれるか、その一点だったんです」

それを聞いて、僕以外の二人は、はっと息を呑みました。

「あなたたち三人の料理中に、キッチンにいきなり入ってきたのは、私の息子です。自分の息子になる相手と、どうコミュニケーションをとってくれるかを見ていたのです。一人はすぐに冷たく追い出し、一人は最初はニコニコしたものの、息子が調理器具に触り出すとすぐに顔を引きつらせて、乱暴に外へ追い出しました。ずっとコミュニケーションをとって、お手伝いまでさせてくれた人は一人だけでした。当然、その方を息子の新しい父親に選ばせていただきました」

まさか本当の審査内容がそれだったとは予想もしていなかった僕ですが、見事に東堂さやかさんの夫になる権利を勝ち取ったのでした。

それからの結婚生活は、まるで夢のようでした。

百億円もの財産を築いた東堂家。さやかさんは会社の権利をすでに他の人に売り渡していたため、毎日が休日のようなものでした。そしてさやかさんは、最初のメールで「夫を亡くしてから体がうずいてたまらない」と書いていた通り、毎晩僕の体を求めてきました。当然、僕も喜んでそれに応じました。昼間は遊んで暮らし、夜はさやかさんとベッドの上で激しく快楽を求め合う、そんな夢のような毎日。

——みたいな展開がこれから待ってるのかな〜って、誰だって想像しちゃうじゃないですか！

それが、実際はどうですか。指定された口座に、合計で十万円以上振り込んだのに、それっきり何の音沙汰もないんですよ。もちろん、振込先が間違ってないことは何度も確認しました。東堂家からのメールも全部保存してありますしね。最初に来たメールが、「三十歳未亡人の東堂さやかと申します。私の後夫になって、百億円を相続してくれる方を探しています。夫を亡くしてから体がうずいてたまらない私と、毎晩Hしてくれることが条件です」っていう、この写真付きのメールで、それに返信したら送られてきたのが、応募申し込みのための口座番号が書かれたこのメールで……。

えっ、ちょっと待ってください。典型的な詐欺？ もしかして、この最初のメールから、全部詐欺だったたっていうことですか？

ていうか、おまわりさん、なに笑ってるんですか！ えっ、想像力がたくましすぎる、妄想の話なのに具体的すぎるって、僕のことを言ってるんですか？ そんなことないでしょ。誰だってあんなメールが来たら、これぐらいの想像はするでしょ。

ていうか、被害者の前で笑いすぎだから！ それより、早く被害届を書かせてください！ いや、「笑いすぎて腹痛～い」じゃなくて！

さるせれてまくろだらもんべ

香を焚き、魔方陣を描き、火のついたロウソクを周囲に並べる。その真ん中に焼いたトカゲを置き、傍らに立って、メモを見ながら秘伝の呪文を唱える。

「さるせれてまくろだらもんべ、さるせれてまくろだらもんべ……」

どうやら魔界の言葉で「こちらに来てください」的な意味らしい。

そして仕上げに、左手中指から血を一滴、魔方陣の中に垂らせば、悪魔を召喚できる。俺が調べた資料にはそう書いてあった。

もし悪魔を呼ぶことができたら、さんざん長時間労働を強いた末に俺をクビにした、あの劣悪企業の憎き上司たちを皆殺しにしてもらおうと決めている。主任に係長に課長、そして社長。奴らの憎たらしい顔を思い浮かべながら、俺は左手中指の先を針で刺した。強い痛みが走る。

その血が床に落ちた瞬間、魔方陣の円の形に、ぼわっとまばゆい光が差した。そして、その光の中に、人型のシルエットが浮かんだ。

おお、伝説は本当だったのだ。ついに悪魔が現れたのだ――。俺は期待を胸に、その姿を見つめた。現れたのは、黒いマントを羽織った、青白い顔の長身痩軀の男だった。いかにも悪魔らしい見た目だ。

そして彼は、俺を見つめ、低く厳かな声でこう言った。

「ふっふっふ、私は吸血鬼だ。私を召喚したのはお前だな」

「えっ……吸血鬼?」

俺は戸惑いながら、おずおずと尋ねた。

「あのお……悪魔、じゃないんですか?」

「ん、悪魔を呼びたかったの?」

彼はさっきの低い声から一転して、素っ頓狂な声を上げた。そして、きょろきょろと周囲を見回し、はっと気付いた様子で足下を指差した。

「ああ、これ、トカゲと間違えてヤモリ焼いちゃったでしょ? ヤモリ焼くと吸血鬼が来ちゃうからね」

「えっ、そうなんですか?」

俺は慌てて、頭を下げて謝った。

「すいません、間違えました……」

「はいはい、間違い召喚ね。まあよくあることだから気にしないで。それじゃね〜」

フランクな口調で言って、吸血鬼はすうっと消えてしまった。

「間違い召喚か……」

どうやら彼らの世界ではよくあることらしい。とりあえず、怒った吸血鬼に血を吸われたりはしなかったので助かった。

それにしても、トカゲとヤモリを間違えていたとは思わなかった。住んでいるアパートの敷地内に、夕方から夜にかけてよく出てくるトカゲを捕まえたつもりだったのだが、これはヤモリという種類だったのか。悪魔の召喚方法が載った書物は熟読したが、爬虫類に関する書物も読んでおくべきだった。

その後、俺は爬虫類図鑑を読んで、トカゲとヤモリの違いをちゃんと把握してから、家の近所の森林公園に行った。ちゃんとトカゲを捕まえ、家でオーブンに投げ入れ無残に焼き殺し、あとは前回と同様に悪魔を召喚する。今度こそ悪魔を呼べるはずだ。

痛みを我慢して左手中指の先を針で刺し、魔方陣を描いた床に血の滴が落ちた瞬間、俺の目の前に光が差した。そして、その中に人型のシルエットが浮かぶ。

背が高く、髪はぼさぼさで、やたらと鼻が長く……あれ、おかしいぞ、とシルエットの段階で俺が察したところで、その真っ赤な顔の男は言った。

「わしは天狗だ。わしを呼んだのはお前だな」

「ああ、天狗ですか……」

俺はがっかりして言った。

「いや、あのお、悪魔を呼びたかったんですけど……」

「ああ、悪魔?」

天狗は俺の召喚セット一式を見回して、はっと指差して言った。

「あ、これ、日本のトカゲ焼いちゃってるでしょ? それだと天狗が来ちゃうよ。悪魔を呼ぶんだったら、西洋のトカゲを焼かないと」

「あっ、そうだったんですか?」

「じゃ、間違い召喚ってことね」

「あ、はい、そうです、すいません」

「次は間違えないでよ。それじゃね～」

前回の吸血鬼と同様、あっという間に天狗は消えていった。

「西洋のトカゲか……」

ますます入手が大変そうだったが、ここであきらめるわけにはいかない。俺はネットで検索して、ペット販売サイトにたどり着き、ヨーロッパ原産の小さなトカゲを買った。数日後、家に届いた段ボールを開け、中のプラスチックケースに入っていたトカゲを、生きたまま送るために工夫したであろう送り主の努力を無にして、すぐ熱したオーブンに投げ入れて焼き殺した。これで三度目の惨殺。爬虫類の霊に祟られても文句は言えないだろう。

そして、三度目の正直とばかりに、例の召喚の儀式を行った。三度目だからといって慣れることのない痛みを感じながら、左手中指の先を針で刺し、魔方陣に血を垂らしたところで、また魔方陣の形に光が差した。

中から現れたのは、今までの吸血鬼や天狗とは違って、やけに小柄な人影だった。本物の悪魔というのは意外と小柄なのか、と思ったら、現れた彼は言った。

「おいらはゴブリン。おいらを呼んだのはお前だな？」

「え、あ、ゴブリン……」

過去二回よりは悪魔に若干近付いた気もするが、それでも間違いに変わりはない。

「いや、あの、悪魔を呼んだつもりだったんですけど……」

「あっ、悪魔さん呼びたかったの？」

ゴブリンはきょろきょろと周囲を見回した後、足下を指差して言った。

「あらら、この魔方陣、六芒星じゃん。悪魔さん呼ぶんだったら八芒星にしないと」

「ええっ、ややこしい！」

俺は思わず本音を漏らしてしまった。

「いや、実は最近ずっと、悪魔を呼ぼうとしてちょっと召喚方法を間違えて、違う方を呼んじゃってるんですよ。最初が吸血鬼で、次は天狗で、それで今回はあなたで……。なんでこう、みんな召喚方法が似ちゃってるんですか？　どうせなら間違えないように、全然違う呼び方にしてくれればいいのに」

「まあでも、あんたらの世界だってそうじゃない？」

ゴブリンは、その野蛮な見た目とは裏腹に、理屈っぽく語った。

「ほら、あんたらが使う道具、電話っていったっけ？　たしかあれの番号って、警察は110で、消防は119で、時報は117で天気予報が177とか、そんな感じだったよね。あれだって、似たような番号に集中しちゃってるでしょ。そういうもんだよ」

「あ、なるほど……」

何がそういうもんなのか、後から冷静に考えてみたらよく分からなかったが、その時はなんだか妙な説得力を感じてしまった。結局、ゴブリンにはまた一言謝って、帰ってもらった。

魔方陣を六芒星から八芒星に描き変えるのは、トカゲをまた入手して焼き殺すよりは楽ではあったが、面倒なことには変わりなかった。あまり雑な八芒星ではさすがに召喚できない気がしたので、ちゃんと長さや角度を測って、きれいな八芒星を鉛筆で下書きする。その後、ペンキなどで描いてしまっては絶対にアパートの敷金が返ってこないので、白のビニールテープを床に貼って八芒星を描いた。

よし、次こそはいよいよ悪魔を召喚できるはずだ。俺はよたび儀式を執り行い、慣れるどころかむしろ刺すたびに痛くなっていく左手中指の先を針で刺して、八芒星の中に血を一滴垂らした。

　すると、やはり魔方陣の形に光が差し、その中に人影が現れた。そのシルエットの形から、今度は女だと分かった。本物の悪魔というのは、実は女なのだろうか――。そう期待していると、現れた彼女は言った。

「どうも～、小悪魔で～す」

「小悪魔……？」

　そいつはどう見ても、その辺の若いギャルだった。なんと、ここにきて普通の人間の女を召喚してしまったのだ。

「ねえ、欲しいバッグがあるの～」

　小悪魔の女は、いかにも小悪魔らしく、俺の肩に触れて上目遣いで言ってきた。俺はたまらず叫んだ。

「ちょっと待ってくれ、俺が呼んだのは本物の悪魔だ！　小悪魔じゃない！」

「えっ、そうだったの？」

　小悪魔の女は、床の魔方陣を見下ろしてから言った。

「あれ、ひょっとしてお兄さん、Ｂ型？」

「あ、そうだけど……」

「召喚の儀式で、最後に垂らす血がＢ型だと小悪魔来ちゃうよ」

「えっ、そうなの？」

驚いた。まさかそんなルールがあったなんて。

「じゃ、何型だと悪魔を呼べるんだ？」

「それを知りたかったら、バッグ買ってえ～」

小悪魔が、俺の手を取って恋人つなぎで握りながら、また上目遣いで言ってきた。

「いや、ちょっと、俺そういう目的で呼んでないから……」

俺が困惑しながら言うと、彼女はさらに、周囲を指差して矢継ぎ早に指摘した。

「あと、よく見たら魔方陣もちょっと形が違うね。え、ていうか、このメモって悪魔を呼ぶ呪文？『さるせれてまくろだらもんべ』って、これも微妙に間違ってるんだけど。ウケる～」

「おいおい、マジかよ……」

俺はとうとう、頭を下げて彼女に頼み込んだ。

「お願いだ。どこが間違ってるのか、ちゃんと全部教えてくれ！」

だが、小悪魔はへらへら笑いながら首を振った。

「あ～ごめん、もうすぐＩＴ社長とギャラ飲みの約束があるんだ。またね～」

小悪魔は無情にも、そう言い残してぱっと消えてしまった。

「そんな……」

俺はがっくりと床に膝を落とした。

もう、疲れ切ってしまった。

魔方陣も、それに呪文も、まだどこかが間違っているらしい。しかも正解は教えてもらえなかった。その上、B型ではダメだということは、他人の血を譲ってもらわなければいけないということだ。だが、医療関係者でもない俺が、他人の血を入手するなんて困難を極めるだろう。しかも、何型ならちゃんと悪魔を召喚できるのかも、結局教えてもらえなかった。下手したら、A型とO型とAB型の三人分、誰かの血を用意しなきゃいけない。おまけに、左手の中指の先がじんじんと痛んで熱を持っている。四回も針で刺して、ばい菌が入ってしまったのかもしれない。悪魔を呼ぶには、この苦労をあと何回すればいいのか。下手したら十回や二十回じゃ済まないんじゃないか——。

「あ〜あ、もうや〜めた！」

俺は床に大の字になって叫んだ。そして、魔方陣をかたどったビニールテープを、ばりばりと乱暴に剝がした。


「ふう、キャンセルさせてやったぜ」

召喚用のセットを片付け始めた男を見て、おれはほくそ笑んだ。

人間に召喚されたのに、ちゃんと出現してやらなかった理由はただ一つ。なんか面倒臭かったからだ。吸血鬼、天狗、ゴブリン、しまいには小悪魔ギャルと、違う姿に化けて、召喚方法が違うと嘘をつき、奴を門前払いしてやった。

あれだけ手間をかけて召喚してきた人間のことも、おれはこうやって簡単に裏切るのだ。え、性格が悪いって？　そりゃ悪いでしょ。だって悪魔だもん。

エッセイ　すごい。私私

嬉しいお知らせです。この連載の書籍化が決まりました。今は色々と、書籍化にあたっての打ち合わせなどをしています。

ただ、そんな中で少し戸惑っているのが、双又社の担当編集者の野村（のむら）さんが、出版業界の専門用語を当たり前のように使ってくることです。

「柱」「ノンブル」「表（ひょう）4」——これらの意味がノーヒントで分かる一般人は、ほぼいないのではないでしょうか。いずれも、私が覚えたての出版用語です。

まず「柱」というのは、ページの隅の、ページ番号の隣に、横書きで小さくタイトルが書いてあるところです。双又社では、左側の奇数ページのページ番号の右隣に、今読んでいる話のタイトルを入れるのだそうです。これが本になったら、この左下のページ番号の隣にも『すごい。私私』と横書きで書いてあるはずです。それが「柱」です。

ただ、これのどこが「柱」なんでしょう？　ネーミングセンスに納得がいきません。ページ番号の隣という、いわばページの一番下に横たわっているのだから、「柱」より「床」とか「畳」の方がよっぽどしっくりくると思います。まあ、そもそも家のパーツでたとえる必要が全然ないんですけど。

で、さっきから何度も「ページ番号」と呼んでいる、ページ数を表す数字のことを、出版用語では「ノンブル」と呼ぶのだそうです。これに関してはマジで「ページ番号」と呼んだ方がいいに決まっています。百人中百人がそっちの方が分かりやすいと言うはずです。

しかも、番号だから「ナンバー」と呼ぶのならまだしも、わざわざフランス語で「ノンブル」と呼ぶのはさすがにやりすぎです。たぶん、最初に「ページ番号のこと、ノンブルって呼ぶことにしようか」なんてクソ提案をした奴は、その時すでに出版業界で結構な立場があって、周りの人が逆らえず、「いや、ページ番号って呼んだ方がよっぽど分かりやすいと思うんですけど」と進言できる人が一人もいないような奴だったんでしょう。その結果、腰巾着みたいな側近が「分かりました。これからページ番号をノンブルと呼びましょう。ほらお前たち、今日からノンブルだぞ」なんて周りに指示を出しちゃって、ページ番号をノンブルと呼ぶことが決まっちゃったんだけど、みんな陰では「ノンブルってマジで何？」と思ってて、その言い出しっぺは絶対みんなから陰で「ノンブルじじい」とかあだ名を付けられていたに決まっているのです。

さらに「表4」という専門用語、この意味はズバリ「裏表紙」なんです。これも絶対「裏表紙」と言った方がいいに決まっています、と担当編集者の野村さんに言ったら、

「まあでも、裏表紙と背表紙を混同する人もいますからね」なんて返されたのですが、いやいや、「表４」よりはよっぽど分かりやすいでしょう。ていうか、裏表紙と背表紙を混同するような人は、一般人には多少いたとしても出版業界には絶対いないでしょう。私でさえ、まず混同しませんから。

「表４」があるなら当然「表１〜３」もあるのかと思ったら、案の定あるようです。調べてみたら、これらは「表紙まわり」を指す出版用語なのだそうです。表紙を「表１」、表紙の裏側を「表２」、裏表紙の裏側を「表３」、裏表紙を「表４」と呼ぶのだそうですが、それぞれ「表紙」「表紙の裏側」「裏表紙の裏側」「裏表紙」って呼べばいいじゃんって話なんです。そりゃたしかに、「表紙の裏側」と「裏表紙」が多少混乱しやすいのは分かりますけど、それを言い出したら「表１〜４」なんて全部「どれがどれだっけ」となってしまいます。少なくとも、私のような初書籍化を控えた人間に、いきなり「表４のデザインなんですが……」なんてメールを送ってくるのはやめてほしいです。「裏表紙」ってちゃんと言い換えてほしいです。

――と、ここまで書いて気付いたのですが、これはよく考えたら、出版業界に限った話ではありませんね。どんな業界でも、専門用語というのは似たようなものかもしれません。わざと格好つけて分かりにくい表現をして、でもそれを使いこなすことで「こんな業界用語を使いこなしちゃう私って格好いいでしょ」感を出してるところがあるかもしれません。

それこそ、芸能界なんてその最たるものです。たとえば漫才や漫談の舞台の中心に置かれる、あのセンターマイクには「サンパチ」という呼び名が付いています。たしか、あのマイクの型番が、なんちゃらなんちゃら38番みたいな、そんな由来でサンパチという呼び名が付いたらしいのですが、絶対にセンターマイクと呼んだ方がいいに決まっているのです。だって舞台のセンターに置かれるマイクなんだもん。百人中百人が、それで一発で意味が通じるんだもん。でも、あれを得意げに「サンパチ」と呼びたがる人は、お笑い界周辺に結構いるのです。

それ以外にも、フジテレビを「CX」と呼びたがる人、深夜0時を「てっぺん」と呼びたがる人……よく考えたら芸能界こそ、「別に使わなくていい専門用語」と「それを得意げに使いたがる人」の宝庫です。かくいう私も、一つも使っていない自信はありません。もしかすると、別に使わなくていい場面で無意識に業界用語を使ってしまって、誰かに「こいつ格好つけてんなあ」と思われているかもしれません。

ただ、それにしたって、さすがにページ番号を「ノンブル」とか、裏表紙を「表4」と呼ぶのは、いただけません。担当編集者の野村さん、あなたのことですよ。

——なんて、あんまり担当編集者を敵に回すのはよくないですね。担当編集者というのは、私の文章の誤字脱字や魔違った表現等をチェックする約割も担っているのです。

まあ、ないとは思いますが、もしこのエッセイに急に誤字脱寺が増えたりしたら、私がこのエッセイで野村産に文句を言ったことにより、二人の間にトラブルが発声したのだと思ってください。もし飲む羅さんと綿しが大喧嘩でもしたら、誤字駄辻を治してもらえないどころ蚊、わざと五時脱痔をしたことにされて島うかもしれませんね。それこそ、このエッ性のタイトル『すごい、私』にまで誤植が入って、馬違った鯛獲るにされちゃったりして。。。まあ、刺す蛾にそんな古都は内科。あっはっ歯。

ショートショート　さあ食らいやがれ殺人術

都内某所の、マッサージ店。

「痛っ……あ〜、でもちょっと気持ちいいな」

ベッドの上にうつぶせになった初老の男が、マッサージ師の女にうなじのツボを押され、低い声をあげた。

「ここは脳門（のうもん）。ボケ防止のツボです」

女が、親指でぐいぐいと男のツボを押しながら言った。

「ありゃ、そこが痛むということは、私はもうボケかけてるということかな」

男が笑って、ゆらゆらと頭を左右に揺らした。

「いえいえ、お客様はまだお若いから大丈夫ですよ……じゃあ、ここはどうですか？」

女は軽くお世辞を交えながら、今度は男の背中の中心を押した。

「むっ……そこは痛くないなあ」

「ここは内兪（ないゆ）。胃腸に効くツボです。痛くないということは、胃腸は健康そのものですね。それじゃ、ここはどうですか？」

女は次に、男の尾てい骨の上を押した。

「ああ、そこもちょっと痛いな」

男が、少し顔をしかめながら答える。

「ここは春点。精力減退に効くツボです」

「はっはっは、なるほどそりゃ痛むわけだ」

男は、よく通る低い声で笑いながら、頭を揺らした。それを見ながら、女はそっとほくそ笑んだ。

よし、あとは首の付け根にある関脈だけだ。このツボさえ押せば、ついにこの男を殺せる——。

女は、ある裏組織に所属する殺し屋だった。目の前でうつぶせになっている男は、敵対する組織の殺し屋。七年前、女のボスを殺した男だ。

女の組織は、ボスの仇を取るために、血眼になってこの男を捜し続けた。そして二年前、とうとう男の隠れ家を突き止めた。

しかし男は、腕利きの殺し屋だけあって私生活でも一切の隙を見せず、並の方法では暗殺できそうになかった。ただ、そんな中で女は、男が無類のマッサージ好きだという情報をつかんだ。

女は考えた末に、マッサージ師として本格的に修業し、男の隠れ家の近所に店を出すことにした。そうすれば、いつか男が来店するだろうと踏んだのだ。そして、開店から半年を経て、今日ついに男がやってきた。

脳門、内兪、春点、関脈。この四つのツボを立て続けに押すと、人間は数分間ぴくりとも動けなくなる。これは、東洋医学の世界に長年伝わる秘術だ。男の動きを封じてしまえば、あとはナイフで一突きするだけ。これでようやく、ボスの仇を取ることができるのだ。

男は、女の思惑になど気付かない様子で、相変わらず機嫌良く、頭をゆらゆらと左右に揺らしている。ただ、こんなに動かれると、関脈を正確に押すにはちょっと邪魔だ。女は、はやる気持ちを抑えながら言った。

「あの、お客様。ちょっと頭を動かすのを、やめていただけますか」

しかし男は「ああ、眠くなってきたなあ」と低い声でつぶやきながら、なぜかいっこうに頭の動きを止めない。振り子のようにゆらゆらと揺れる男の後頭部を見ながら、女はふいに、猛烈な眠気を覚えた。

「ああ、お姉さんのマッサージがうまくて、眠くなってきたよ。眠くなってきた、眠くなってきた、だんだん眠くなってきたよお……」

男のよく通る低い声を聞き、左右に揺れる後頭部を見続けるうちに、女は眠気に耐えきれなくなり、とうとう膝から崩れ落ちた。

その体重を背中に感じて、男はほくそ笑んだ。

五年前、敵対組織の殺し屋のこの女に、男の腹心だった部下の命が奪われた。男は復讐に燃えたが、女が二年前に突然、裏稼業から足を洗いマッサージ師に転職したという情報を得た。しかも半年前、偶然にも女は、男の隠れ家の近所に店を開いたのだ。千載一遇のチャンス。男はすぐにでも女を殺しに行こうと思ったが、相手も元は優秀な殺し屋だ。簡単には殺せないだろうし、下手したら自分の命も危ない。

男は考えた末に、客を装って女の店を訪れ、催眠術をさりげなく女にかけてから殺すことを思いついた。男は、殺人術もさることながら催眠術も超一流の腕前で、どんな体勢からでも相手を眠らせてしまう技術を持っていた。

さあ、俺の殺人術を食らいやがれ——。男は、自分の背中にもたれて眠る女に対して心の中でささやいて、立ち上がろうとした。

ところが、体がぴくりとも動かない。眠りに落ちた女の手が偶然、自分の関脈というツボを押してしまっていることを、男は知らない。

焦る男の前に、店のドアを蹴破って一人の若者が現れた。

「動くな!」

若者は裏返った声で叫び、女に拳銃を向けたが、男に視線を移して目を見開いた。

「あれっ、ここの経営者の女が殺人犯だって聞いて張り込んでたんだけど……よく見たら、このおっさんも見覚えがあるぞ」

　若者は、いったん拳銃を足元に置き、上着のポケットから警察手帳を出してページをめくった。かなり時間をかけて、凶悪犯の手配写真が貼ってあるページにたどり着くと、目の前の男と見比べた。

「わっ、すごい！　やっぱりこのおっさんも特別手配犯だ。よし、手錠手錠……あれっ、どこやったっけ」

　その若い刑事は、拳銃を足元に置いたまま、のろのろとポケットを探った。その動きは、驚くほど隙だらけだった。

「あ、手錠あった！　やった〜、初めての逮捕で、大物二人も捕まえちゃった！　これは今度キャバクラで自慢できるぞお！」

　若い刑事がぴょんぴょん跳びはねながら、手錠を片手に、拳銃は床に置きっぱなしで近付いてくる。ちくしょう、体さえ動けばこんな奴、一秒もかからずに殺せるのに――。うつぶせの男の目から、屈辱の涙が床に滴り落ちた。

　その背中を枕に、女はぐうぐうと大いびきをかいていた。

書籍化の決定とともに、残念ながら、この連載の終了も決まってしまいました。まあ仕方ありません。どんなものにも終わりがあります。双又社や『ＴＶトピック』にも事情があります。

それに、この連載をしたことで、私は新しい経験がたくさんできました。だから双又社さんには心から感謝しています。

まず、出版業界の方々と関わることができたのは大きな財産です。出版業界の人は、放送業界の人より、すごくちゃんとしています。下品な冗談、ＡＤさんへの理不尽なパワハラ、大物タレントと仕事してます自慢、忙しくて寝てない自慢、お前みたいな若手芸人なんて簡単に干せるんだからな脅迫……といった言動が一切なく、ちゃんとした会社員という感じがします。逆に、いかに放送業界の人がちゃんとしていない大人なのかということも、改めて気付かせてもらえました。まあ、間違いなく私も、そのちゃんとしていない業界の末端構成員なのですが。

また、毎週原稿を書いていたおかげで、パソコンのタイピングがだいぶ速くなりました。たしか連載前までは、キーボードを見ずに打つタッチタイピングも、ちゃんとできていなかったと思いますが、今ではすっかりマスターしました。「なんでパソコンのキーボードの配列ってこんなに打ちづらいんだろう」と思いながら打っていた頃が懐かしいです。あれってパソコン初心者の頃は、誰もが一度は抱く感情ですよね。でも結局、上手に打てるようになると、そう思ってたことを忘れちゃって、逆に今からキーボードの配列を変えられても困る、って感じになっちゃうんですよね。だからいつまで経っても、この初心者泣かせの配列が変わらないというのは、世界規模でのちょっとした新人イジメのような感もあります。

　なんでも、この謎のキーボードの配列って、エジソンが発明したタイプライター時代の名残らしいですね。あんまり速く打ちすぎると、どこかしらのパーツがこんがらがって故障につながっちゃうとか、昔のタイプライターにはそんな事情があったから、速く打てないようにわざと打ちづらい配列にしたんだそうです。ただ、タイプライターのセールスマンが速く打って実演できるように、「TYPEWRITER（タイプライター）」と打つのに必要なキーは、全部同じ段にあるんだそうです。今お近くにキーボードがある人は確認してみてください。……なんて自慢げに雑学を披露したところで思い出しましたが、これはちゃんとしてない業界の構成員であるテレビ局のスタッフさんに聞いた話だったので、もしかしたら正確じゃないかもしれません。あるいは、私は最近知った話だから得意げに披露しましたが、実は世の中の誰でも知ってるぐらいの、雑学の初級編ぐらいの、「シロクマの毛は実は透明」「カバの汗はピンク色」「ラッコは潮に流されないように昆布に絡まって寝る」ぐらいの雑学だったらすみません。

　また、街で「連載読んでます」と声をかけられると、「テレビで見てます」と言われるより断然嬉しかったです。そもそも「ミワ子の○○」みたいな冠番組など一本も持っていない私は、「テレビで見た」と言われても結局、その人が他の出演者目当てで見た番組にたまたま私も出ていただけという可能性が大いにあり、その人が私のファンだとは限らなかったわけですが、この連載を読んでくれているということは、少なくとも『ＴＶトピック』を購読していて、数ある連載の中で「ミワ子の独り言」を飛ばさずにちゃんと読んでくれているということです。ファン対応があまり上手でない私でも、さすがにそんな方に対しては、精一杯の笑顔……といっても若干引きつっていたと思いますが、心の中では最高の笑顔で対応させていただきました。

　また、この連載のＷｅｂ版を、今はカナダに住む私の高校時代からの親友が読んでくれて、たびたび感想をくれたのも嬉しかったです。友達の少ない私が親友と呼べる貴重な存在である彼女は、私の出演するテレビ番組をちょくちょくネットで探してはくれているようですが、冠番組などがない私の出演番組を、海外で探すのはなかなか面倒らしいのです。でも、Ｗｅｂ連載なら必ず定期的に更新されるから、彼女も楽しみに読んでくれていたのだそうです。そんな、いわば私の唯一のレギュラーだった連載が、今回を含めてあと二回で終わってしまうというのは、非常に寂しいものです。

ただ、あと二回だというのに、途中に豆知識などをねじ込んで、文字数をかさ増ししたことを深くお詫びいたします。連載終了のショックで、執筆が手につかなかったせいです……というと、これまでにも度々あったことが勘のいい読者には見抜かれているであろう、他のかさ増し回の理由が説明できなくなってしまいますね。

ええ、正直に言いますよ。ただのネタ切れですよ！　エッセイもショートショートもこれといって思いつかずに、どうにか適当なことをパソコンで打って規定の文字数を稼いだだけですよ！　こんなことしてりゃ、そりゃ連載も終わるわ！

エッセイ　酒飲んで寝る前後にぜひ読んで！

この連載も、ついに最終回です。

書籍化の作業もだいぶ進んでいます。発売日は未定ですが、よかったらぜひ買ってください。……というこの文は、よく考えたら書籍化されてから読んだら、ちょっと変な感じですかね？　だって、書籍化後にこの文を読んでる人は、みんな買ってるんですもんね。「いや買ってるわ！」って総ツッコミ状態になりますかね。

あ、でも、もしかしたら、ちょうどこの部分を立ち読みして、買うか買わないか迷ってる人もいるかもしれませんからね。そんなあなた、ここまでず〜っと面白いので絶対買ってください！　エッセイだけじゃなくショートショートも頑張って書きましたからね！　普通のタレントの雑誌連載ってのはもうちょっと手を抜いてるんですから。

それにしても、書籍化にあたって、自分が過去に書いた文章を読み返してみると、なんとも感慨深いものです。

連載開始時と比べたら、私の状況はだいぶ変わりました。まず結婚してますからね。とはいえ、連載開始の時点でもう交際はしていたので、そういう意味では変わってないとも言えます。ただ、関係を隠す必要がないというのは気楽なものです。

夫婦関係は変わらず良好ですし、お友達の東山桃子さんとも、相変わらず仲よくやっています。今度、私たち夫婦と桃子さんの三人で、夫の所有する別荘にでも行こうか、なんて話も出ています。

改めて考えてみても、自分が書いた文章が本になるというのは、ありがたいやら恐れ多いやらで、今になって、事の大きさにビビっているようなところもあります。

世の中には、わざわざ身銭を切って自費出版で本を出す人もいるぐらいですから、出版社に本を出してもらえるというのは、とってもありがたいことなのに、こんな私の書いた文章で本当にいいのだろうか、という思いを抱かずにはいられません。とはいえ、私の同期ぐらいの芸人で、もっといい加減な本を過去に出している例も散見されるので、まあよしとしましょう。

私が普段やっている一人コントでは表現できないけど、頭に浮かんでしまった面白いものを、ショートショートという形で世に出せたのは、とてもありがたいことでした。この連載がなければ、頭に浮かんだきりそのまま忘れるだけだったか、どうにか形にするために無理矢理コントの形にして、単独ライブでやった結果スベって、「やっぱり小説とかがベストだったんだろうなあ」と後悔していたかもしれません。そう考えると、改めて双又社さんに感謝するばかりです。

連載している間は、本当に心を込めて執筆していました。とはいえ、読者のみなさんは何も構えることなく、ダラダラ読んでくれればいいのです。なんなら、しこたま酒を飲んで、泥酔して寝る前なんかに読んでもらっても全然構いません。適当に開いたページからスタートしたり、読む順番すらバラバラでもいいんです。私がいつになく時間をかけて書いた、本書の最後を締めくくるこのページも、斜め読みで構いません。むしろ斜め読みされるのが真の目標とすら言えるでしょう。ネタを考える側は必死で、私も今、一生懸命考えながら文字を書いているけど、お客さんはそんなことなど一切気にすることなく、私が書いた文章を読んで気軽に笑う。これこそが芸人のあるべき姿です。

　本書の印税で四桁（けた）万円のお金でももらえれば最高ですが、聞くところによると、超売れっ子スターの一流芸人でもない限り、そこまで売れることはまずないらしいので、私程度の二流以下の芸人では絶対に無理でしょう。

　とはいえ数多くの芸人の中から、あえて私を選んで執筆依頼をくれた双又社の野村さんにはマジメに感謝しております。かつて芸人になることと同等に夢見た、小説を書いてリリースするという夢を叶えてもらえたので、もしこの本が好評を頂けたら、今後もハイペースで執筆する覚悟はあります。まあ、覚悟があるだけで実現できるかどうかは別の話だと言われてしまってはぐうの音も出ませんが、気持ちだけは芸能と執筆の二本柱で生きていくつもりでいます。

それでは皆様、今までありがとうございました！　どうぞお元気で！

後日談

突然ミワ子さんが行方不明に

この「後日談」は、単行本『ミワ子の独り言』第十刷分から追加しております。

そして、ここからは、エッセイに何度か出てきたミワ子さんの担当編集者、双又社の野村が書いた文です。何卒よろしくお願いいたします。

それにしても、まさかこんな事件が起きてしまうなんて、我々は夢にも思っていませんでした。

その事件が報道されたのは、本書がミワ子さんの初書籍として発売されてから、わずか二日後のことでした。

初動の売り上げもまずまずで、書店さん向けのサイン本やサイン色紙の作成もお願いできたらと思っていたのですが、ミワ子さんはその時期、当初から予定されていた夏休みをとるとのことだったので、そういった販売促進のための活動は、お願いできるとしても少し先になってしまうな、なんて思っていました。

そんな時に、あの衝撃的なニュースが流れたのです。

ミワ子さんの夫の早見怜司さんと、ミワ子さんの友人の東山桃子さんが、早見さんの所有する千葉県内の別荘で逮捕されたというニュースです。

ミワ子さんのエッセイにも何度か登場した、人気俳優である二人の名前の後に「容疑者」と付くようになってしまったのは、非常にショックでした。

しかし、これはまだ序の口にすぎませんでした。

次に流れたのが、ミワ子さんが行方不明になっているというニュースでした。さらに、早見容疑者と東山容疑者が逮捕された千葉県内の別荘の、床や刃物などから、ミワ子さんの血液型の血痕が多数見つかったというニュースも、ほどなく報じられました。

その一報により、日本中にさらなる衝撃が広がりました。ミワ子さんの担当編集者の僕でさえ、ショックで仕事が手につかなくなるほどでしたから、ミワ子さんの親族や所属事務所の方々の心労は、察するに余りあります。

早見容疑者の別荘の周辺で、警察官たちが長い棒を藪(やぶ)の中に突っ込んだり、警察犬を連れたりして捜索するニュース映像は、当時何度も流れましたが、見るに堪えませんでした。あの捜し方で見つかったとしても、ミワ子さんが生存している可能性は限りなくゼロに近い――。そう思うと、ニュースを見るたびに胸が締めつけられました。

それでも、どうかミワ子さんが奇跡的に、無事に生きて発見されてほしいと、僕たちはひたすら祈っていました。

なのに、こんなことになるなんて――。

この後日談を読んでくださっている方の多くは、事件の経緯も含めて、おおむね知っているることでしょう。しかし、本書はこの先何十年も読まれ続けるだろうと、我々は思っています。ですから、この事件についてよく知らない方も読んでいるという前提で、全員に分かりやすいように、まずは我々がミワ子さんに連載の執筆依頼をした経緯から、きちんと順を追って説明したいと思います。ミワ子さんもエッセイの中で多少説明していましたが、こちら側の視点からも改めてご説明いたします。

粋なワードセンスに惚れ込んで

そもそも僕は個人的に、芸人ミワ子さんのファンでした。独自の発想と、粋なワードセンスが光る一人コントで、「THE女」優勝、「P-1グランプリ」準優勝という立派な成績を残し、大ブレイクとはいかないまでも一定の人気を誇っていたミワ子さんが、もっと世間で評価されてほしいという思いも抱いていました。

そんな中で一度、雑誌『TVトピック』でインタビュー取材をさせてもらった際に、ミワ子さんが「文章のお仕事もしてみたい。実は小説家志望の時期もあった」と話していました。だったらぜひ、うちの雑誌で連載をしてもらえないかと僕からオファーして、それから数ヶ月後に、晴れて連載が始まったのでした。

連載の打ち合わせも兼ねて、一度お食事会も開きました。その際に、ミワ子さんの人となりも色々と知ることができました。のちにエッセイに書いてもらったエピソードもいくつか聞かせてもらいましたし、カナダに親友が住んでいることなど、聞いたことのなかったプライベートの話も聞かせてもらいました。さらにお酒が進むと、あの番組のドッキリは実はヤラセだったとか、若手時代にあの番組に一般人という設定で出たけど実は仕込みのエキストラだったとか、そんな裏話まで披露してくれました。

もっとも、ミワ子さんは「報道だったらまだしも、人を楽しませることだけが目的のバラエティだったら、ヤラセも仕込みも全然あっていいと思うんですけど」と言っていました。「面白くなることを最優先する」というのがミワ子さんの信条なのだと、その食事会の際にしっかり伝わってきました。

まあ、そんなミワ子さんですから、これも言ってしまっていいと思うのですが、実はミワ子さんが三本目のエッセイ『三回目にして早速見切りを』で書いた、「元々エッセイを連載する予定だったけどネタがなくなってショートショートも書くようになった」という、あの話は嘘です。本当は、打ち合わせの段階でミワ子さんから「エッセイを書き続ける自信はあまりないけど、小説家志望だった頃にショートショートを結構書いていたし、コントより小説にした方が面白くなりそうなネタを何本も書きためてあるから、エッセイとショートショートを並行して書かせてほしい」と言われ、我々もそれを了承していました。

しかも「最初はエッセイを書くつもりだったけど、書くことがなくなっちゃったから次回の連載からショートショートも書きます――っていうのを書けば、それで連載一回分稼げますよね」なんてことまで、ミワ子さんは言っていました。これもまた、ミワ子さんが「面白くなることを最優先」した結果なのだと僕は思いました。最初から「エッセイとショートショートを書きます」と表明してしまうより、連載のわずか三回目で「エッセイのネタがなくなったから次回からショートショートも書きます」と表明した方が、一つ多く笑いが取れるし、一回分のネタも確保できる。さすがの芸人魂だと僕は思いました。まあ、連載一回分の手抜きをしたという言い方も、できなくはないと思いますが。

ミワ子さんに進言できていれば

ただ、実は連載中に、その後の事件につながるような兆候も垣間見えていたのです。

もっとも、僕はそれに気付けなかったのですが。

一度、誌面に載せる写真撮影のために、ミワ子さんに双又社に来てもらったことがありました。滞りなく撮影は終わり、ミワ子さんはその後もテレビの収録があるとのことだったのですぐ出発し、担当編集者の僕も少し雑談をした程度でお別れしたのですが、ミワ子さんが出発した後で、その場にいた同期の女性社員が僕に言ったのです。

「ミワ子さん、腕ぶつけちゃったのかな。痣あったけど」

「え、痣なんてあった？」

「あ、気付かなかった？　まあ、ちょうど袖で隠れるぐらいの位置だったからね」

「そうだったんだ……」

その日はたしか、ミワ子さんと早見怜司さんの結婚発表から、まだ二、三ヶ月ほどしか経っていない時期でした。新婚のミワ子さんが夫からDVを受けているのではないか、などという懸念は、僕の頭にはまったく浮かびませんでした。今思えば、僕は鈍感すぎたと思います。

もしもあの時、ミワ子さんのDV被害の可能性が頭に浮かんでいれば、そしてミワ子さんから話を聞き出して「そんな夫とは別れるべきです」と進言できていれば、こんな事件には至らなかったのではないか。ミワ子さんの死を未然に防げたのではないか——。今さら悔やんでも仕方ないと分かっていても、つい考えてしまいます。

連載は続けてほしかった

そんなことがありつつも、ミワ子さんの連載『ミワ子の独り言』は好評でした。雑誌連載を持つ芸人さんの多くが、過去にテレビ番組などで披露したエピソードを多少使い回したりしながら連載をこなしているのに対して、ミワ子さんは本邦初公開のショートショートを書き下ろしてくれるという、我々編集部にとっては非常にありがたい努力を続けてくれました。そんな連載も回数を重ねたところで、そろそろ書籍化しようという話が双又社の会議で決まりました。

すぐに僕から『ミワ子さんの連載、ぜひ書籍化したいと思っているのですが、いかがでしょうか』とメールを送ると、ミワ子さんから『うれしいです！　本を出すのは昔から夢だったんです！』と返信がありました。その時のミワ子さんは、とても喜んでくれていたはずでした。

ところが、その数日後、ミワ子さんから僕に、思いもよらぬメールが送られてきたのです。

『大変申し訳ないのですが、書籍化を機に、連載をいったんやめさせていただけないでしょうか――』

なんでも、書籍化はたしかに嬉しいけど、実はテレビ出演など芸人としての本業が忙しくなって、連載が負担になってきているとのことでした。

正直、ミワ子さんには将来的に、『TVトピック』で連載する芸人さんの中でも中心的な存在になってほしいと思っていたので、その申し出は非常に残念でした。とはいえ、芸人の本業と並行して、ショートショートを一から考えてもらうのは、他の方と比べても負担が大きかったただろうと思います。これ以上続けるのは無理だと言われてしまっては、我々は受け入れるしかありませんでした。ミワ子さんは、本編152ページからのエッセイ『読まれてるってありがたい』の中で、連載終了はまるで我々双又社の方から告げられたような書き方をしていましたが、実際は逆でした。我々としてはぜひ、ミワ子さんに連載を続けてほしかったのです。

そういうわけで、残念な気持ちはありながらも、『ミワ子の独り言』の連載終了と、書籍化に向けて動き出すことが決まりました。連載時の原稿をミワ子さんにお送りして全部手直ししてもらってから本と同じ形式のゲラにするか、それとも、その段階はパスして、すぐゲラを出してしまってミワ子さんに手直ししてもらうか、どちらがいいかと、僕はミワ子さんにメールで尋ねました。正直、後者の方がずっと楽だし、仕事が忙しいから連載をやめたいと言ってきたミワ子さんですから、おそらく後者を選ぶだろうと思っていました。

ところがミワ子さんは、『連載時の原稿を一からきちんと手直ししたいです』と返信してきました。僕にとって意外な返事ではありましたが、そこまでの思い入れを持って書籍化に臨んでくれるミワ子さんの気持ちは、非常に嬉しくもありました。

ただ、そこからのミワ子さんの手直しの内容が、さすがに予想外すぎたのです。

ワーカホリックな手直し作業

ミワ子さんはまず、出版時の文字組が一ページあたり何文字×何行か、目次が何ページで本文が何ページから始まるか、といったことを異様に細かく聞いてきました。次に、エッセイとショートショートの掲載順や、各話のタイトルを、書籍化にあたって大幅に変えたいと言い出しました。その上、新作のエッセイやショートショートも何話か書き下ろしてくれました。いずれも相当な時間と手間がかかる、ワーカホリックに取り組まないと終わらないような作業のはずでした。

ほとんどの場合、こういった雑誌連載を書籍化する際には、雑誌に掲載された順番でそのまま本にしてしまいます。順番を入れ替えたりすることは基本的にはありません。もちろん「このエッセイは改めて読んだら恥ずかしい内容だからカットしたい」程度の要望が著者から出ることはありますが、「順番を入れ替えた上に全話を改題したい」などという要望は、僕の十数年の編集者歴の中でも初めてでした。

そして、正直に言うと、ミワ子さんが考えた各話の新しいタイトルが、雑誌連載時のタイトルより改善されたとは、僕にはどうしても思えなかったのです。それどころか、はっきり言って改悪としか思えないものも多かったのです。

たとえば、96ページから始まるショートショート『まりえちゃんをね捕まえたんだ』は、連載では元々『のろいのドールハウス』というタイトルでした。また、114ページから始まるショートショート『よそ者の私とへんな座敷わらし』は、連載では元々『座敷わらし』というタイトルでした。さらに、132ページから始まるショートショート『さるせれてまくろだらもんべ』は、連載では元々『悪魔召喚』というタイトルでした。——いずれも、連載時のタイトルの方がシンプルで分かりやすかったと、僕には思えてなりませんでした。

ただ、タイトルを変えたいというミワ子さんの意志は固く、書籍化前の手直しで、タイトルに合うように各話の内容も改変していたのです。それこそ連載時の『悪魔召喚』には、悪魔を呼ぶ呪文のシーンはなかったのですが、書籍化を前にミワ子さんが「さるせれてま……」という呪文のシーンを追加し、内容も大幅に膨らませたのです。

僕は実際、各話のタイトルが連載時の方がよかったのではないかということを、多少オブラートに包みながらも、一度ミワ子さんにメールで伝えました。でも、ミワ子さんからは『どうしてもこのタイトルでいきたいです』という返信がありました。作家さんにどうしてもと言われれば、たとえば差別用語を使っていたり、クレームが来るような過激な変更内容でない限り、編集者は従うしかありません。「前のタイトルの方がよかったけどなあ」と僕は内心思いながらも、ミワ子さんの意向通り、書籍化にあたって全部のエッセイとショートショートのタイトルが変更されました。

また、ミワ子さんが新たに書き下ろしたショートショートやエッセイが何本かあった一方で、僕を含め編集部は面白いと思ったのに、ミワ子さんの意向で書籍化NGになってしまった作品も何本かありました。これに関しても、我々としては正直「新しく書いてくれたこの作品より、ミワ子さんがボツにしたあの作品の方が面白かったんじゃないかなあ」というものが多少あったのですが、やはり作者が書籍化したくないと言っている作品を、編集者が無理に載せることもできないので、すべてミワ子さんの意向に従いました。

正直ナンセンスな気も……

こうしてミワ子さんは、相当な労力をかけ、書籍化前の追加の作業をしてくれました。そもそも忙しくなるからという理由で連載を終えることにしたのに、それにしては本来必要のない膨大な手間をかけていたミワ子さんは、正直ナンセンスなことをしているのではないか、という思いが、僕にまったくなかったといえば嘘になります。ただ、もちろんその思いは僕の心の中だけにしまっていました。

雑誌連載の書籍化で、こんなにも手間をかける芸能人はまずいません。いや、芸能人に限らず、本業の小説家やエッセイストでさえ、雑誌連載時からここまで大幅な変更を加えて書籍化する人はなかなかいません。そんな異例の変更はありつつも、ミワ子さんのエッセイ&ショートショート集は、『ミワ子の独り言』というタイトルで出版されました。

正直、ミワ子さんの人気と知名度から考えて、大ヒットとまではいかないだろうけど、ショートショートをきちんと書いてくれたし、早見怜司さんとの結婚もそれなりに話題になったし、そこそこ売れてくれたらいいな、と思っていました。

ところが、蓋を開けてみたらこの通りです。

本書は、予想外のとてつもない大ヒットを記録しています。

しかし、こんなことは望んでいなかったのです。

ミワ子さんの命と引き換えに、本が大ヒットすることなんて――。

昔のダークなイメージを払拭したのに

『ミワ子の独り言』の発売日は、忘れもしない、二〇二三年七月二十日でした。七月発売の双又社の単行本の中ではイチ押しの扱いで、初動の売り上げもそこそこでした。

ところが、直後の七月二十二日、あのニュースが日本中を駆け巡ったのです。

俳優の早見怜司容疑者と東山桃子容疑者が、千葉県内の別荘で逮捕された——。その一報だけでも非常に驚きました。

しかも、早見怜司さんの逮捕は二度目でした。結婚発表直後のエッセイ『お祝いが身にあまり。』の37ページにも、「早見怜司さんは昔、多少スキャンダルもあった人なので」とか「早見怜司の坊主頭が記憶に新しい、という方もいると思います」などと書かれていますが、あれが大麻とコカインの所持による一度目の逮捕を指していたのは周知の事実です。——とはいえ、当時まだ子供だった方や、大人だったけどそのニュースをよく覚えていない方もいると思うので、早見怜司さんに一度ダークなイメージが付いてしまった事件について、改めて詳しく説明します。

早見怜司さんの一度目の逮捕は、今から十年以上前のことです。その際に話題になったのが、早見さんが逮捕直前、髪も眉も、その他の体毛も全部、自宅で剃っていたことです。そうすることで、警察に毛髪を採取されて薬物検査されるのを逃れようとしたようですが、全身の毛を残らず剃り落とす前に警察が来てしまったのに加え、そもそも尿からも薬物の成分が出てしまったため、あっさり御用となりました。

早見さんは、一緒に薬物をやっていた仲間が捕まったという情報を聞いてすぐ、自宅で剃毛に踏み切ったそうですが、その方法で警察の薬物検査をくぐり抜けるには、鼻毛も脛毛も脇毛も一本残らず剃らなければいけないし、特に大麻の場合は、尿からも一ヶ月程度は反応が出るから、最後に大麻を使ってから一ヶ月以上経っていないと毛を剃る意味はない——といった内容の話を、当時のワイドショーで専門家が語っていました。

ということは、最後の大麻使用から一ヶ月以上経っていた場合は、全身の毛を残さず剃れば警察に薬物検査をされても大丈夫なのかな、なんて不埒なことも、当時の僕はちらりと考えてしまいましたが。

とにかく、十年以上前にそんな無様な逮捕劇を演じてしまった早見怜司さんですが、逆にそれが幸いしたのです。というのも、眉毛すらないスキンヘッド姿で警察車両に乗せられ護送されるという、インパクト抜群のニュース映像が話題になり、お笑い芸人に散々いじられマネされたことで、結果的に早見さんに執行猶予の判決が出てから、バラエティ番組に呼ばれる機会が増えたのです。逮捕前はあまり出ていなかったバラエティ番組で、数々の芸人からの「スキンヘッド逮捕いじり」に嫌な顔をせず、といって反省していないわけでもない、ちょうどいい「負け顔」を視聴者に見せる――という絶妙なバランスをとった結果、早見さんの仕事はむしろ逮捕前より増えたほどでした。元々二枚目半ぐらいの扱いで、主役より脇役が多かったことも幸いしたでしょう。過去にスキャンダルを起こした俳優がそうだったように、元々の人気と好感度が高い主役級の方が、むしろスキャンダルを起こした時の落差が大きく、復帰が難しくなるのです。

結果的に早見怜司さんは、薬物で逮捕された歴代芸能人の中でもトップクラスの復調ぶりを見せ、ここ最近は、過去の逮捕歴など誰も思い出さないほどの活躍を見せていました。ミワ子さんと結婚した際には、世間も祝福ムード一色でした。

ところが、その結婚からわずか一年ほどで起きた、早見さんの二度目の逮捕。東山桃子さんとともに麻薬取締法違反容疑の現行犯で、その後の家宅捜索で二人の自宅からも薬物が見つかりました。せっかく一度目の逮捕から復活して、コツコツ積み上げてきた早見さんの好感度も、一気にどん底まで落ちました。一方、『ミワ子の独り言』を発売したばかりの我々には、当然ながら非常に気がかりなことがありました。

無事であってほしいと祈る日々

夫の早見怜司さんと、親友の東山桃子さんが逮捕された今、ミワ子さんはどうしているのだろう――。

　僕は真っ先にミワ子さんに電話をかけましたが、「おかけになった電話番号は、電波の届かないところにあるか電源が入っていないため……」という、あの自動音声が流れるだけでした。続いて『大変なことでお察しいたします。もし可能でしたら連絡をください』といった内容のメールも送りましたが、やはり返信はありません。所属事務所やマネージャーさんに電話をかけても、つながりませんでした。たぶん先方も、ミワ子さんの今の状況が分からず混乱しているのだろうと察せられました。

　ミワ子さんについての情報がきちんと報じられるようになったのは、早見怜司容疑者と東山桃子容疑者の逮捕から数日後のことでした。

『早見怜司・東山桃子の両容疑者は、早見容疑者の妻でお笑い芸人のミワ子さんとともに、千葉県山武(さんむ)市内の別荘に7月20日に行ったことが判明している。しかし、ミワ子さんの足取りが20日を最後に途絶えていること、さらに別荘内の刃物や床などから、ミワ子さんと同じ血液型の血痕が多数見つかっていることが、捜査関係者への取材で分かった――』

　そんな報道が出てからほどなく、早見家の別荘周辺の藪の中を、長い棒や警察犬を携えて捜索する警察官たちの姿が、テレビで報じられるようになってしまいました。

　あの警察官たちが藪に突っ込む棒が、いつかミワ子さんに当たってしまう時が来るのだろうか。その時、ミワ子さんが生きているということはまず考えられないだろう――。想像するたびに、胸が締めつけられる思いでした。

寺の坊主とタクシー運転手だけが目撃者

僕はあの時期、わずかな望みを託して、毎日数回はミワ子さんに電話をかけていましたし、『無事だったら連絡をください』という内容のメールも送っていました。しかし、ミワ子さんから反応はありませんでした。だから結局、一般の方々と同様に、ニュースでミワ子さんに関する情報を得るしかありませんでした。

テレビも新聞も、ミワ子さんが、早見怜司容疑者と東山桃子容疑者によって行方不明の状態にされたのではないか、もっとはっきり言ってしまえば、二人によって殺されたのではないかという疑惑を、新情報が明らかになるたびに深めているようでした。

その新情報というのは、次のようなものでした――。

まず、ミワ子さんのスマホの電波は、ミワ子さん・早見怜司容疑者・東山桃子容疑者の三人で、早見容疑者が所有する千葉県内の別荘に行った、七月二十日の昼過ぎから、ずっと途切れたままだということ。

早見怜司容疑者と東山桃子容疑者はともに、「ミワ子さんは別荘で体調を崩したため、一人でタクシーを呼んで東京に帰った」と供述しているということ。たしかに、ミワ子さんのスマホでタクシーが呼ばれ、別荘付近からJR総武本線の日向駅までタクシーに乗った女性がいたのは確認されていること。ただ、その女性が乗ったのは車載カメラのない小さな会社のタクシーで、七十代後半の運転手がわざわざ指名されて呼ばれ、その運転手が「客の女性は、帽子とサングラスとマスクで顔がほぼ隠れていた」と証言していること。さらに、日向駅の近くの寺のお坊さんが、たまたま女性がタクシーを降りるところに通りかかったけど、やはり帽子とサングラスとマスクの印象しか記憶にないこと。そして、その日向駅前で、ミワ子さんのスマホの電波が途切れたこと。

また、日向駅から、ミワ子さんと早見怜司容疑者の自宅の最寄りの中目黒駅までの、どの駅の防犯カメラにも、ミワ子さんらしき人物の姿は映っておらず、ミワ子さんが電車に乗った形跡は一切ないこと。そして、別荘内の床や包丁などに付着していた血痕が、DNA鑑定の結果、ミワ子さんの血液だと正式に確認されたこと。さらに別荘の浴室から、大量の血液を洗い流したと思われるルミノール反応も出たこと――。連日報じられる新情報は、ミワ子さんの無事を祈る僕たちの心を、無慈悲に痛めつけるような内容ばかりでした。

タクシーに乗ったその女性は、ミワ子さんではなく、顔を隠し変装した東山桃子容疑者だったのではないか。彼女はミワ子さんが生きていたように偽装するため、なるべくミワ子さんに似せた服装で、事前に下調べしておいた、女優東山桃子を知らないであろう高齢ドライバーの車載カメラなしのタクシーを呼び、別荘の最寄りの日向駅で降車し、そこに早見怜司容疑者が運転する車が迎えにきて、二人で別荘に戻ったのではないか。ミワ子さんの殺害と死体遺棄は、夫の早見容疑者が単独で行ったか、それとも別荘を出発する前の東山容疑者も協力したのかは分からないが、ミワ子さんが自らの意思で帰ったように見せかける偽装工作は、二人で共謀して行ったのではないか——。警察がその線で捜査を進めていることが、テレビや新聞でも報じられるようになりました。

そして、東山桃子容疑者が、ミワ子さんの友人でありながら、実は早見怜司容疑者と不倫関係にあったこと、また早見怜司容疑者が、妻のミワ子さんに対してDVを働いていたことも報道されました。両容疑者とも警察の調べに対して、それらの事実は認めているとのことでした。

ただ、両容疑者とも、ミワ子さんの殺害は否定していました。早見怜司容疑者のDVは、過去に何度かあっただけで日常的というほどではなかったし、東山桃子容疑者も、早見容疑者と不倫していたからといって本妻のミワ子さんに殺意など抱いていなかった、それどころか彼女はいい友人だったと、それぞれ主張しているとのことでした。

ミワ子は七月二十日、三人で別荘に着いた後で「体調が悪くなった」と言って、一人でタクシーを呼んで東京に帰った。ミワ子の行方については何も知らないけど、不倫関係の自分たちは別荘に滞在し続けた。不倫はしていたし、薬物も使っていたけど、ミワ子を殺したりはしていない。——二人はそう供述しているようでした。でも、もはや苦しい言い訳にしか聞こえないその供述を信じる人は、皆無と言ってよかったでしょう。もちろん僕も信じていませんでした。

あの時期、僕を含め、世間の人はまったく考えていませんでした。

そもそも、どうして警察は二人を逮捕できたのか。

きっと、早見怜司と東山桃子が違法薬物を使っているという情報を、内偵捜査か何かで得たのだろう。——その程度の認識しかなかったでしょう。いや、そこまで考えが及んだ人すら多くはなかったでしょう。

警察が、早見怜司・東山桃子の両容疑者を逮捕するにあたっての情報源は、いったい何だったのか。——それが実はものすごく重要だったのだと、我々はのちに思い知ったのです。

投稿主の正体

きっかけは、ＳＮＳの投稿でした。

投稿主は「みわお」さん。——この方はミワ子さんの大ファンで、エッセイ『神対応が出来ません』の66ページに「ミワ彦」として出てくる、あの中年男性でした。

そんな、みわおさんの投稿は、すぐに拡散され、世間に大きな衝撃を与えました。

なんと、本書『ミワ子の独り言』の中に、隠しメッセージがあったというのです。

『ミワ子の独り言』の発売直前に、ミワ子さんからみわおさんに直接、SNSの音声通話がかかってきて、「もうすぐ発売される『ミワ子の独り言』の最後のページに、あなたにしか分からないメッセージが隠れている」という意味深なことを言われた。みわおさんは、大ファンであるミワ子さんから直々に電話をもらえたことに興奮しながらも、いったい何だろうと思いながら、発売日に『ミワ子の独り言』を買って読んでみた。するとその中に、早見怜司と東山桃子に関する秘密と、ミワ子さんの生命の危険を示唆するメッセージが隠されているのを発見し、すぐ警察に通報してそれを伝えた。しかし、警察の初動捜査が遅れたせいで、ミワ子さんは亡き者にされてしまった。——みわおさんの主張はそんな内容でした。

そして、みわおさんは、その隠しメッセージというのがどんなものだったのかも、投稿の中で詳細に明かしました。「このことは黙ってるように警察から言われてたけど、警察の無能さが許せなくて公表することにした」と書き添えていました。

それが明かされた翌日から、『ミワ子の独り言』は、とてつもない勢いで売れていきました。

まさかそんなメッセージが隠されていたなんて、我々にとっては寝耳に水でした。にもかかわらず、双又社に対して「知っていて発売したんだろ」という抗議の電話が相次ぎました。警察に対しても、みわおさんの通報内容について今まで明かしていなかったのは、ミワ子さんを救えなかったという不祥事を隠そうとしたのではないか——という抗議が相次いだようです。

ミワ子さんは、『ミワ子の独り言』を通じてSOSを発信していたのに、その甲斐なく殺されてしまった——。それを知った人々は驚き、嘆き、悲しみ、怒り、それぞれのやり場のない感情を、ネット上に吐露したり、警察や双又社に苦情をぶつけるという形で発散しました。我々も、緊急の大増刷に対応しなければならずバタバタしながらも、ミワ子さんを失ってしまった悲しみをずっと胸に抱いていました。

急に頭が混乱する展開

それから、およそ半月後。僕はカナダにいました。

場所は伏せますが、カナダ内某所、としておきます。「都内某所」という言葉はよく聞きますが、「カナダ内某所」は、たぶん今後の人生で一度も使わない言葉でしょう。

約束の時間から数分遅れて、その人は待ち合わせ場所にやって来ました。

その人は——ミワ子さんです。

ミワ子さんは僕を見て、少し照れくさそうに挨拶してきました。

「どうも、お久しぶりです」

ミワ子さんは生きていました。ピンピンしていました。残念ながら、芸人生命は絶たれてしまったと言わざるをえず、芸人ミワ子は死んでしまいましたが、人間としては、無事に生きていました。

見た目こそだいぶ変わっていましたが、日本でなければ、その違和感を誰に指摘されることもありません。

「もう、どれだけ心配したと思ってるんですか。あの頃の心配を返してください」

僕が言ったら、ミワ子さんは「へへへ」と、まるで昔の漫画に出てくるイタズラ小僧のように笑っていました。

ウソだろっ、と思わず叫んだ

この本をお読みの方の大半は、ミワ子さんに関する事情をおおむねご存じだと思います。しかし、何度も同じようなことを書いて恐縮ですが、この時期のニュースをあまり見ていなかった方や、何十年も後にこの本を読んで初めて、この事件について知る方もいるでしょう。そういった方のために、改めて経緯をきちんと説明します。

　連日大々的に報じられていたミワ子さんのニュースが、八月のある日、突然とんでもない転換点を迎えたのです。

「行方不明となっていたお笑い芸人のミワ子さんが、日本を出国していたことが判明しました」

　朝つけたテレビのニュースで、アナウンサーのその言葉を聞いて、僕は思わず「ウソだろっ」と素っ頓狂な声で叫んでしまいました。たぶん僕だけでなく、日本中の多くの人が、そのニュースに驚き、とっさに変な声を上げ、狐につままれたような気分になったことだろうと思います。

　その日から、ミワ子さんに関する続報が、次々とニュースで流れました。

　なんとミワ子さんは、行方不明になった七月二十日に、すでに成田空港からバンクーバー空港への直行便に搭乗していたのです。成田空港近くの駐輪場には、原付バイクがずっと停められていました。その原付バイクは、ミワ子さんの後輩芸人の正岡チキンさんが所有していたのですが、ミワ子さんから急に「五万円で原チャリ貸してくれない？」と頼まれ、ちょうど乗らなくなっていたこともあり、無期限で貸したのだそうです。正岡チキンさんは、原付バイクを貸すだけで五万円もらえたことに驚いたそうですが、「事件に巻き込むことへの迷惑料だったのか」と後で納得したそうです。

その後、ミワ子さんの具体的な足取りも、次第に明らかになっていきました。

分かってきたトリック

ミワ子さんは七月二十日午前、夫の早見怜司さんと東山桃子さんと三人で、夫の所有する千葉県内の別荘に行ったものの、昼過ぎに「体調が悪くなったから一人で東京へ帰る」と言い残し、タクシーを呼んで別荘を後にした。タクシーに乗り込んだのは、別荘から百メートルほど離れた路上。ミワ子さんは、早見怜司さんと東山桃子さんから離れた後、帽子とサングラスとマスクを装着し、「やけに顔を隠した女性」となってタクシーに乗り込んだようです。車載カメラのない中小タクシー会社の高齢ドライバーを指名で呼んだのは、自分の容姿を詳細に証言できる記憶力と視力がなさそうなドライバーを、あらかじめ下調べしてあったのでしょう。

そのタクシーで、ミワ子さんは日向駅に移動した。そして、人目につかないところに停めておいた原付バイクで成田空港に行き、出国したようです。日向駅はかなり田舎の駅で、周囲には防犯カメラも少なく、また原付バイクを停めておいても警察に取り締まられないような場所が、森の中や空き地など、いくらでもあったようです。

別荘の床や包丁から見つかった血痕も、ミワ子さんが早見さんと東山さんの目を盗んで残しておいたのでしょう。のちの報道によると、別荘の床は血痕が目立たない濃い茶色だったし、別荘に二本あった包丁のうち、長らく使っていなかった方に、ミワ子さんの血が付いていたのだそうです。また、浴室から出たという「大量の血液のルミノール反応」は、ミワ子さんが事前に別荘に行って、自ら採った自分の血を、何十ccかでもいいから広範囲に塗り広げてから洗い流せば、「普通は一度に出ない量＝大量の血液のルミノール反応」として残せたはずです。

のちにミワ子さんの自宅のパソコンから、採血用の器具の購入履歴が見つかったことも報じられました。本来は医療関係者しか買えない物だけど、時々ネットオークションに出てしまっているのだそうです。元看護師のミワ子さんなら当然、それを使って自ら採血し、血痕を残すのもたやすかったでしょう。

それにしても、行方不明になった日にミワ子さんが堂々と出国していたことに、長らく気付かずに捜査を続けてしまった警察はどうなんだろう、と思ったのは、たぶん僕だけではなかったでしょう。しかし、どうやらその件について警察を責めるのも、少々酷だったようです。状況的に十中八九、夫とその愛人によって殺されたと思われる女性が、もしかしたら現場から約二十キロ離れた成田空港から出国しているのではないか――という推理には、当初は捜査現場の誰も至ることはできず、出国者の情報を照会するため刑事が空港に出向くこともなかったようです。

また、成田空港の出国カウンターをはじめ、職員の誰かしらがミワ子さんに気付いていれば、「ミワ子さんが行方不明ってニュースになってるけど、たしかあの日、出国してたよな」と思い出して、警察に連絡してくれたかもしれません。しかし、エッセイ『神対応が出来ません』の63ページにもあった通り、ミワ子さんは「モブキャラ」とか「指名手配されても絶対捕まらない」と言われるほど顔の印象が薄いと自認するほどですし、さらに普段は眼鏡をかけています。根本美和子（ねもとみわこ）という本名や、眼鏡をかけた素顔やパスポート写真を見ても、出国カウンターの職員やCAさんを含め、芸人のミワ子さんだと気付いた人は誰もいなかったのでしょう。

見えた。ミワ子さんの真意が。

一方、ミワ子さんの行き先がバンクーバーだという報道を見て、僕はピンときました。バンクーバーはカナダの都市。カナダはミワ子さんが以前、親友がいると話していた国です。おそらくミワ子さんはカナダに渡った今、その友人の助けも借りて、すでに生活の基盤を築いているのだろう。——そう察しました。

僕はミワ子さんにメールを送りました。内容は、このままコンタクトがとれないようだと、『ミワ子の独り言』の印税を払えなくなるかもしれない、というものでした。

すると、それまで全然返ってこなかったメールが、すぐにミワ子さんから返ってきました。プライバシーに関わる内容も含まれていたのですべてを書くことはできませんが、要するに『それは話が違うじゃないですか』という内容の、お怒りのメールでした。

そこから僕は、ミワ子さんと約束を取り付けて、きちんとお会いして話し合うべく、単身バンクーバーへ飛びました。空港からいくつかの交通機関を乗り継いで、カナダ内某所の、ミワ子さんが決めた集合場所で待ち合わせたのでした。

「じゃ、今の家までご案内しますね」

世間話もそこそこに、僕はミワ子さんに案内され、彼女の自宅というべきか、隠れ家というべきか、とにかく現在の住居に案内されました。それにしても、日本では少し歩くだけで熱中症の危険が伴うような季節なのに、カナダは心地いい陽気でした。もちろん、冬はとんでもなく寒くなるのでしょうが。

ミワ子さんの住居は、すでに生活環境が十分に整っていることが見てとれました。テレビに洗濯機に冷蔵庫に、カナダでは入手が難しいであろう炊飯器もあり、フライパンや包丁や鍋といった調理器具も揃っていました。また、トイレを借りた時に通った洗面所には、ハンドソープやリップクリームやシェーバーや鼻毛カッターまで揃っていました。その大半が日本のメーカーの物だったので、家の中を見ただけだったら、カナダに来た気が全然しませんでした。ごく普通の日本の家のようでした。

「しかしミワ子さん、見事な作戦でしたよね」

僕はその家のリビングで、一気に語りました。ミワ子さん本人の前で、彼女の周到な作戦の答え合わせをできるという興奮もあり、まるでドラマや映画で事件の推理を披露する探偵のように、勢いでつらつらと語ってしまいました。

＊

本当に見事でしたよ。ミワ子さんは、夫の早見怜司さんと、友達のふりをして実は夫と愛人関係にあった東山桃子さんに対して、これ以上ないほど強烈な反撃を食らわせたわけですからね。素晴らしい作戦だったと思います。

つい昨日ぐらいから、日本でも報じられるようになったんですが、僕はその前から、薄々予感してました。

ミワ子さんは、夫に勧められて、薬物をやってしまったことがあるんですよね？

ああ……まあ、そうですよね。認めてはくれないですよね。それこそ、僕が録音でもしてるかもしれないですもんね。まあ本当にしてないんですけど。

きっぱり否定したミワ子さんに対してこんなことを言うのは申し訳ないですけど、早見怜司さんと東山桃子さんは、実は逮捕当初から、ミワ子さんも一緒に大麻を使用したことが何度かあると、揃って供述してるらしいです。とはいえ、その情報は長らく報道されていませんでした。警察としては、早見さんと東山さんが事前に口裏を合わせて嘘をついてる可能性も考慮しなければいけなかったし、当初は二人によって殺された被害者だと思われていたミワ子さんの名誉を傷つける内容だったので、公表しなかったようですね。

ただ、仮にミワ子さんが、大麻使用の誘いを断り切れず、何度か過ちを犯してしまったのだとしても、ここまで来ればもう安心ですもんね。カナダは大麻の使用が全面的に認められていて、しかも日本と犯罪人引き渡し条約を結んでいない国です。つまり、カナダの警察がミワ子さんを逮捕することは考えにくい。日本の捜査員がこちらに来たところで、カナダでは罪に問われない大麻使用の容疑者を逮捕するために、カナダの警察が協力してやることもないでしょう、ってワイドショーのコメンテーターの弁護士さんも言ってましたよ。とはいえ、大麻以外の、カナダでも違法になる薬物の使用を疑われた場合は、カナダの警察からも薬物検査を受けるかもしれないから、ミワ子さんは念のためその……ああ、そうですよね。ミワ子さんはやってないんですもんね。だったらこの話は筋違いだし、カナダに来たのは親友が住んでたからですもんね。失礼しました。もう薬物うんぬんの話はやめましょう。

まあ、とにかくミワ子さんは、自分が殺されたんじゃないかと日本で騒ぎになり始めた頃にはもう、とっくにカナダに渡っているという、非常に大胆かつ傍迷惑な計画を、何ヶ月も前から立てていたんですよね。それも双又社を利用する形で。

いやあ、驚きましたよ。ミワ子さんの失踪事件の顚末を、固唾を呑んで見守るしかないと思っていた僕らが、まさか事件に密接に関わっていたなんてね。ミワ子さんにとって起死回生の大逆転策に関われたのは名誉なことです……と言っていいのか分からないけど、そう思わないとやってられないぐらい、こっちは大変でしたよ。

ミワ子さん自身もエッセイで書いてたんで、失礼を承知ではっきり言わせてもらいますけど、ミワ子さんはお笑い芸人として、今後も安泰と言えるほどの売れっ子ではありませんでしたよね。ここ何年かはテレビ出演も多かったけど、五年、十年先にどうなってるかは分からない。もしかするとテレビから消えてしまっているかもしれない。それまでに一生暮らせるだけのお金を稼げればいいけど、「P－1グランプリ」準優勝と「THE女」優勝というタイトルを獲ってもこの状態ということは、今後大ブレイクする可能性も薄い——という感じだったと思います。

そんな中で、早見怜司さんとの結婚は、ミワ子さんにとって安心材料だったでしょうね。ミワ子さんより年上で芸歴も長く、一度薬物で逮捕されたものの、その後V字回復の活躍をみせていた彼には、ミワ子さんにはない安定感と資産がありました。ミワ子さんにとってはいわば、ない物ねだりの結婚という側面もあったかもしれません。

ところが、そんな早見さんは、懲りずにまだ麻薬を常用していた。その上、友人の女優、東山桃子さんと不倫までしていた。まあ、実はあのお二人の関係は、ミワ子さんと早見さんが付き合うよりもずっと前から始まっていて、付かず離れずの、言ってしまうとセフレという感じの関係だったそうですね。で、東山桃子さんには結婚願望がなく、早見さんはそれもあってミワ子さんとの仲を深めて結婚したけど、その後も早見さんと東山さんの肉体関係は終わらなかった。――というのは先週の週刊誌に載っていた情報なので、どこまで本当かは僕には分からないですけど、とにかく早見さんと東山さんは、かなり性に乱れた二人というか、おまけに二人して薬物もやってたんですから、ちょっと常軌を逸してますよね。薬物の作用で常識を外れてしまったのか、それとも元々常識がないから平気で薬物もやっちゃったのか。卵が先かニワトリが先か、みたいな話かもしれませんけど。

それでも二人は、逮捕されるまで、ミワ子さんにその関係はバレてないと思っていた。でもミワ子さんはとっくに気付いてたんですよね。その上さらに、二人が薬物をやってたのも知ってたし、二人に勧められたこともあったと。――まあ芸能界には、表に出せないような趣味嗜好を持つ人もたくさんいるという噂は聞きますけど、その中でもおそらくかなり高いレベルで常軌を逸していた、早見怜司と東山桃子という二人と知り合ってしまったのが、ミワ子さんにとっては運の尽きだったわけですね。

そのあげくに早見怜司さんは、ミワ子さんに暴力まで振るった。交際四ヶ月のスピード婚だったことの、デメリットがもろに出たと言わざるをえないでしょう。幸せな結婚だと思っていたのが一転して、ミワ子さんはとんでもない人生の苦境に陥ってしまったわけですね。

その苦境を、自分の芸人人生を捨て去るのと引き換えに、一発で大逆転させたのが、今回の一連の作戦だった。今後この本が文庫化されることがあったら、『逆転ミワ子』なんてタイトルに変えてもいいかもしれませんね。

連載から単行本化するにあたって、ショートショートもエッセイもタイトルを全部変えるなんて、ずいぶんおかしなことをするな、奇妙なこだわりだなって思いましたけど、こんな理由だとは思いませんでした。しかも、ちゃんとご丁寧に、読者が気付けるようにヒントも明記してあるんですよね。え～っと……ここですね。142ページからのエッセイ『すごい。私私』で、説明してあるんですよね。

え？　ああ、そうです。ちゃんとこの本、日本から持ってきましたよ。……あ、この部屋にもあったんですか？　じゃ、わざわざ持ってこなくてもよかったか。でもまあ、せっかくなんで、これを片手に引き続き話をさせてもらいます。

とにかく、この142ページで、「柱」という出版用語について説明してるんですね。

この本を含め、双又社の本では、左側の奇数ページの一番下の、ページ番号の隣に書かれた各話のタイトルが「柱」なわけですが、ミワ子さんも単行本化にあたっての僕とのやりとりの中で、この部分を「柱」と呼ぶことを初めて知ったと、エッセイに書いてましたね。まあ、出版社の人間にとっては常識ですが、一般の方だと知っている人はそう多くないでしょう。下手したら作家でも知らない人がいるかもしれません。だからこの説明は必要だったわけですね。

そして、最後のエッセイ『酒飲んで寝る前後にぜひ読んで!』の、158ページの4行目から6行目にかけて、こんな文が出てきます。

私がいつになく時間をかけて書いた、本書の最後を締めくくるこのページも、斜め読みで構いません。むしろ斜め読みされるのが真の目標とすら言えるでしょう。

この部分がとても重要だったなんて、担当編集者の僕も全然気付けませんでした。この部分は、まさにこのページを斜め読み、つまり「斜めに読め」というメッセージだったんですね。

で、この158ページを、実際に斜めに読んでみると、こうなっていました。

←

連載している間は、本当に心を込めて執筆していました。とはいえ、読者のみなさんは何も構えることなく、ダラダラ読んでくれればいいのです。なんなら、しこたま酒を飲んで、泥酔して寝る前なんかに読んでもらっても全然構いません。適当に開いたページからスタートしたり、読む順番すらバラバラでもいいんです。私がいつになく時間をかけて書いた、本書の最後を締めくくるこのページも、斜め読みで構いません。むしろ斜め読みされるのが真の目標とすら言えるでしょう。ネタを考える側は必死で、私も今、一生懸命考えながら文字を書いているけど、お客さんはそんなことなど一切気にすることなく、私が書いた文章を読んで気軽に笑う。これこそが芸人のあるべき姿です。

本書の印税で四桁万円のお金でももらえれば最高ですが、聞くところによると、超売れっ子スターの一流芸人でもない限り、そこまで売れることはまずないらしいので、私程度の二流以下の芸人では絶対に無理でしょう。

とはいえ数多くの芸人の中から、あえて私を選んで執筆依頼をくれた双又社の野村さんにはマジメに感謝しております。かつて芸人になることと同等に夢見た、小説を書いてリリースするという夢を叶えてもらえたので、もしこの本が好評を頂けたら、今後もハイペースで執筆する覚悟はあります。まあ、覚悟があるだけで実現できるかどうかは別の話だと言われてしまってはぐうの音も出ませんが、気持ちだけは芸能と執筆の二本柱で生きていくつもりでいます。

→

と、このように、158ページを斜めに読むと、**「柱のページ数下一桁文字目を順に読め」**という隠しメッセージが出てくるわけですね。

ずいぶんと凝ったことをしてくれましたよ。そういえばミワ子さん、まだ二人の不倫関係に気付く前だったんでしょうけど、早見さんと東山さんと一緒に脱出ゲームによく行ってたって、エッセイに書いてましたもんね。この隠しメッセージは、まさに脱出ゲームでありそうな趣向ですよね。

「柱のページ数下一桁文字目を順に読め」って、正直ちょっと分かりにくいですけど、この形式のメッセージで伝えるには精一杯の表現だったんでしょうね。まあ、よく考えれば、言わんとすることは分かります。

「ページ数下一桁文字目」というのは、たとえば35ページだったら5文字目、129ページなら9文字目っていうことですね。十の位も百の位も関係なく、一の位の数字だけ見ればいいと。

で、この本は左側の奇数ページの一番下に柱があるので、「順に読め」と書いてある通り、本編最初の9ページの柱の9文字目、続いて11ページの柱の1文字目、13ページの柱の3文字目、15ページの柱の5文字目、17ページの柱の7文字目、19ページの柱の9文字目……と、左下の小さな柱を見ながらページをめくって、視線を少しずつ横にずらしていく感じで、メッセージを読み取るわけですね。

正直、7文字目や9文字目となると、パッと見ただけじゃ分かりづらいですよね。だから確実に読み取るには、鉛筆とかで「柱のページ数下一桁文字目」に丸をつけながらページをめくっていって、最後にまとめて隠しメッセージを読むっていう方法がいいかもしれませんね。ただ、その後でこの本を人に貸すようなことがあったら、丸を消さなきゃネタバレになっちゃいますけど。

さて、この本の柱には、エッセイとショートショートのタイトルが書かれています。では、その「柱のページ数下一桁文字目を順に読」んでいくと……。

9ページは、『目標は高く実際は中ぐらい』の9文字目の、「中」。

11ページは、『目標は高く実際は中ぐらい』の1文字目の、「目」。

13ページは、『大暗黒期の思い出』の3文字目の、「黒」。

15ページは、『大暗黒期の思い出』の5文字目の、「の」。

17ページは、『三回目にして早速見切りを』の7文字目の、「早」。

19ページは、『三回目にして早速見切りを』の9文字目の、「見」。

21ページは、『家族の一大事!』の1文字目の、「家」。

……と、ここまでで「中目黒の早見家」と出てきましたけど、この調子で本編最後の159ページまで進むと、こんな隠しメッセージが出てくるんですね。

「中目黒の早見家の居間に大麻等あり。夫と東山桃子から陽性反応出ます。今すぐ一一〇番通報して二人を捕まえてクスリと私への暴力をやめさせてください。私が殺される前に」

このメッセージを隠すには、そりゃエッセイもショートショートも全部、連載時からタイトルを変えて、順番も内容も変えて、何話か差し替えるしかなかったですよね。

142ページからのエッセイ『すごい。私私』なんて、143ページで柱の3文字目の「い。」、145ページで柱の5文字目の「私」を読ませたかったけど、「。」を文字数としてカウントすべきかが微妙だから、「私」を二つ続けて、なんとしても隠しメッセージの「い。私」の部分を読ませるようにしたわけですね。全話のタイトルを変更した中でも、このタイトルは特に変だと思ったんです。担当編集者の僕と揉めて変なタイトルにされちゃった、みたいな設定にしてましたけど、あのくだりも連載時にはなくて、書籍化にあたって書き足してましたもんね。

隠しメッセージにあと二つ入ってる句点は、39ページの『お祝いが身にあまり。』の「り。」と、69ページの『今後は遊んで暮らす。』の「す。」で、両方とも最後の9文字目にくっついてる形だから、まあ分かりやすかったですけどね。

一の位が9のページにかかる回は、九文字以上のタイトルが必須だったわけですから、これまた大変でしたよね。連載時は『悪魔召喚』だったショートショートを『さるせれてまくろだらもんべ』に変えたのなんて、その最たるものですね。連載時にはなかった呪文をタイトルにして、さらに話全体を膨らませてページ数を増やすことで、隠しメッセージの「せてくださ」の五文字を一気に消化したわけですね。

それにしても、「斜め読み」と「柱」という、二重の隠しメッセージを仕込むなんて、ミワ子さんはさぞ苦労したことだろうと思います。もっと簡単な方法もあったんじゃないかと思いますが、ひょっとしてミワ子さん、何年か前に四葉社から出た『逆転美人』を意識されたんですかね？　あの美人女性の事件も、連日報道されて当時すごい話題になりましたけど、ミワ子さんもやるとなったら、あれ以上に話題になることをやらなきゃいけないと思われたのかもしれませんね。

まあ、そんな手の込んだ仕掛けも、必ず解読してくれる人の心当たりが、ミワ子さんにはあったわけですね。過去にミワ子さんがSNSに上げた写真の場所を特定したり、語尾が偶然「たすけて」になっただけの投稿を、勝手に隠しメッセージとして解読したこともあった、ミワ子さんの大ファンの「みわお」さんです。

ミワ子さんは、SNSの音声通話でみわおさんに直接「もうすぐ発売される『ミワ子の独り言』の最後のページに、あなたにしか分からないメッセージが隠れている」と伝えた。彼は、ミワ子さんが直接くれた言葉に興奮しながら『ミワ子の独り言』を買い、見事に隠しメッセージを読み取り、すぐ一一〇番通報した。みわおさんにここまでヒントを与えれば、必ず発売日に買って、その日のうちに隠しメッセージを読み取ってくれると確信していたから、ミワ子さんは発売日である七月二十日に、夫と東山桃子さんと三人で別荘に行く計画を何ヶ月も前から立て、当日「体調が悪くなった」と言って別荘滞在を中座し、原付で成田空港へ行き、悠々とカナダへ飛んだわけですね。

みわおさんは「このことは黙ってるように警察から言われてたけど、警察の無能さが許せなくて公表することにした」とSNSに投稿して、隠しメッセージについて公表し、大いに話題になりました。当時はミワ子さんが殺されたと思われていたので、「二人を捕まえてクスリと私への暴力をやめさせてください。私が殺される前に」という隠しメッセージを警察に伝えたみわおさんにしてみれば、怒り心頭だったわけですね。しかしその後、ミワ子さんが実は生きていてカナダに逃げたことが判明したらすぐ、彼はその投稿をアカウントごと消しちゃったんですが。――まったくミワ子さんもひどいですよ。熱狂的ファンを使い捨てにしちゃうなんて。でも、音声通話で彼に何を言ったかなんて、証拠としては残らないですもんね。みわおさんも、突然かかってきたミワ子さんからの通話に興奮して、録音なんてできなかったそうですし。

「二人を捕まえてクスリと私への暴力をやめさせてください。私が殺される前に」なんて物騒なメッセージを残し、こっそり出国したことで、ミワ子さんが殺されたのではないかと警察をミスリードする。別荘に血痕まで残っていたから、早見怜司さんと東山桃子さんは殺人と死体遺棄を疑われ、薬物だけで逮捕された場合よりはるかに厳しい取り調べと、世間からの大バッシングを受ける。――夫と愛人にそんな仕打ちをするために、よくもまあこれだけの苦労をしたものです。本当にお疲れ様でした。

あの二人を警察に突き出し、自分は警察からもマスコミからも逃れる――それだけが目的なら、こんな大変な手間をかけなくても、カナダに逃げてから日本の警察に「早見怜司と東山桃子が麻薬をやってます」と通報するだけで事足りたはずです。

でも、それではお金にならない。だからこんなことをしたんですよね?

夫が薬物で捕まってしまうと、仮にミワ子さんが薬物を一切やってなかったとしても、ダークなイメージが付いて、仕事は相当減ってしまうでしょう。はっきり言って芸人としては致命傷。その後の収入は激減間違いなしです。

夫と愛人を警察に突き出し、自分を裏切ったことへの仕返しをたっぷりした上で、自分は海外に逃れ、しかも将来のために大金を得る。――それらを全部達成するには、この方法しかなかったんですね。連載の書籍化の話が持ち上がった時に、このアイディアも浮かんだのでしょう。そういえば、エッセイもショートショートも浮気を題材にしたものが多かったですが、あれも関係あったんですかね？　まあ、連載終了を自ら申し出たのは、我々への迷惑を少しでも軽減するためだったんでしょうね。

ミワ子さんは、日本でお笑い芸人として活動するのはもう無理でしょう。残念ながら、芸人生命は失われてしまった。でも、芸人ミワ子の命と引き換えのこの結末は、上出来だったんじゃないですか。カナダで人目を気にせず生きて、おまけに高収入も入ってくれば、当分は、いやもしかしたら一生、生活には不自由しないでしょうからね。

ここからはあくまでも僕の想像ですけど、こんな奇抜な本を出すというアイディアに至る前に、『ミワ子の独り言』は普通に書籍化した上で、その最後に追加する形で、早見怜司さんと東山桃子さんの不倫や薬物使用を堂々と暴露してしまう――というアイディアも頭をよぎったんじゃないでしょうか。でも、それだと僕たち双又社の人間に反対されたり、出版前に情報が漏れてしまうかもしれない。何より、そんな本はミワ子さんの美学に反していたでしょう。気軽に笑って読めるエッセイとショートショートの連載を続けてきたのに、そんな自分の作風を汚してしまうことになる。

それよりは、表向きは普通に楽しいエッセイとショートショートなのに、実は驚くべき仕掛けがしてある、という方が絶対面白いです。面白くなることを最優先するというのは、ミワ子さんの信条ですもんね。

この本は今、日本国内で、本来のミワ子さんの知名度と人気では考えられないほど、爆発的に売れています。その印税はすべてミワ子さんが手にできます。……あ、ええ、そうです。メールで送った「このままだとミワ子さんに印税を払えなくなるかもしれない」なんてのは、ちょっと大袈裟でした。ミワ子さんが本当に殺されていた場合は、そのままの口座に入金し続けるのではなく、ご遺族の方と連絡を取って振込先を変更して……なんてこともしなければいけなかったんで、完全に嘘というわけでもなかったんですけどね。ただ、なんとかミワ子さんとコンタクトをとるために、少々大袈裟なメールを送ったのは事実です。どうかお許しいただければと思います。

まあ、ご安心ください。ミワ子さんは、芸人としては死んでしまいましたが、人間としては、向こう何十年も暮らせるレベルのお金を手にできるでしょうから。

*

僕が長い話を終えると、ミワ子さんは目を丸くして、こう答えました。

「その……隠しメッセージ、ですか？　そんなのが、この本の中に入ってたんですか？　やだ、私そんなの、全然入れたつもりなかったんですけど～。とにかく、野村さんが今言ったことは全部、奇跡的な偶然です。いや～、こんな偶然が起こるんですね～」

あまりにも芝居がかった口調に、僕は思わず笑ってしまいました。

しかし、同時に僕は「やっぱりそうきたか」とも思いました。

この本の形式なら、「隠しメッセージなんて知りません。そんなのが入ってたとしてもただの偶然です」としらばっくれることができるのです。

見え透いた嘘としか思えなくても、それを嘘だと正式に証明するのは困難です。もし、「中目黒の早見家の居間に大麻等あり。夫と東山桃子から陽性反応出ます。今すぐ一一〇番通報して二人を捕まえてクスリと私への暴力をやめさせてください。私が殺される前に」という隠しメッセージの中に、多少事実と異なる内容が含まれていたとしても、「そんなメッセージは入れた覚えがなくて、偶然そうなっちゃったんですよ～」と言い訳する余地があります。もちろん相当苦しい言い訳ではありますが、これが早見さんと東山さんをストレートに糾弾する暴露本だったら、そんな言い訳の余地すらなかったのです。双叉社としても、そんな本を、先方から訴えられる危険を承知で発売するのは難しかったでしょう。もっとも、今のところ早見さんも東山さんも、自分のことで精一杯で、まだミワ子さんを訴えそうな気配もありませんが。

さて、そんなミワ子さんの言い分が、果たしてどれだけ本当なのか、気になっている人は少なくないでしょう。

日本中から、夫とその愛人に殺された気の毒な被害者だと思われていたのが一転して、日本中を騙したトリックスターというイメージになってしまったミワ子さん。しかし、それが芸人ミワ子の華々しい散り方だったのだと、僕は一ファンとして自分を納得させました。もしかすると、88ページからのショートショート『てる子が漫談いたします』の、夫を殺して伝説を作ってしまう女芸人のてる子は、ミワ子さん自身を投影していたのかもしれません。あのショートショートは連載時には書かれておらず、書籍化にあたって追加された作品だったので。

そんなトリックスターのミワ子さんの、「隠しメッセージなんて入れた覚えはない。あれは全部、奇跡的な偶然だ」という言葉は、さすがに僕だって信じていません。

では、ミワ子さんの薬物使用について、みなさんはどう思われているでしょうか。早見怜司さんと東山桃子さんは、ミワ子さんも一緒に大麻を吸ったことがあると供述しているようですが、ミワ子さん自身は、カナダを訪れた僕に対して、きっぱりと強く否定しました。

ただ、実は僕には一つ、この『後日談』の中で、触れていないことがあります。ミワ子さんが違法薬物を使用したことがあるのかどうかを、事実上裏付けるといっても過言ではない重要な情報を、僕は文中に明記せずにいました。まあ、ヒントになることは少しだけ、182、187、189ページ辺りに書いてしまったんですが。

ミワ子さんの名誉のためには、このことは最後まで秘密にしておくべきでしょう。ただ、こっちだって、ミワ子さんにさんざん心配させられて、実は巧妙に利用されて一杯食わされているので、多少の仕返しをしてやりたいのです。

それに――正直、こんな絶好のオチというか、ツッコミどころがあるのに、書かないわけにはいかないのです。これを書かないまま終わるのは、まさにミワ子さんの「面白くなることを最優先する」という美学に反してしまうと思うのです。

そこで、最後に一つ、読者の皆様にお伝えいたします。

本編と同じように、この後日談にも、もしかすると隠しメッセージがあるかもしれません。といっても「柱のページ数下一桁文字目」をまた読ませるのもワンパターンだし、あの解読はなかなか面倒でしたし、かといって「柱の頭文字」だと、ここまで読む前に簡単に見破られてしまいそうなので……じゃ、こうしましょう。

後日談の最初の161ページから、最後のここ205ページまで、「柱の3文字目」を順に読んでいくと、「僕がカナダで会ったミワ子さんに関する秘密」が浮かび上がる、なんてことが、ひょっとしたら起きるかもしれません。もちろん、そんなことが起きたとしても奇跡的な偶然であり、まったく意図したものではありません。

……という感じでどうですかね、ミワ子さん。面白くなることを最優先するミワ子さんなら、このオチの付け方も許してくれますよね？

・本作品は書き下ろしです。

双葉文庫

ふ-31-05

逆転（ぎゃくてん）ミワ子（こ）

2024年10月12日　第1刷発行

【著者】
藤崎翔（ふじさきしょう）

【発行者】
箕浦克史
【発行所】
株式会社双葉社
〒162-8540 東京都新宿区東五軒町3番28号
［電話］03-5261-4818(営業部)　03-5261-4831(編集部)
www.futabasha.co.jp（双葉社の書籍・コミックが買えます）
【印刷所】
大日本印刷株式会社
【製本所】
大日本印刷株式会社
【カバー印刷】
株式会社久栄社
【DTP】
株式会社ビーワークス

【フォーマット・デザイン】
日下潤一

ISBN978-4-575-52800-8 C0193
Printed in Japan